Ivancsics · Wanda wartet

Karin Ivancsics

Wanda wartet

Ein Triptychon

RITTER LITERATUR

ISBN 3-85415-244-2

Lektorat: Ralph Klever
Herstellung: Ritter, Klagenfurt

I DER STADTSAAL

Wanda wartet. Die Autos rollen vorbei. Vor der Stadt ziehen sich Wolken zusammen. Es donnert in der Ferne.

Sie wartet geduldig auf die Straßenbahn. Lehnt an der mit Parfumwerbung tapezierten Kabinenwand und zieht mit ihrem rechten Schuh am Asphalt einen Bogen. Unsichtbare Kreide. Eins, zwei, drei Quadrate senkrecht, zwei waagrecht, bei sechs, dem Halbkreis, umdrehen.

Am Masten der Haltestelletafel ein geknotetes rotes T-Shirt, weggeworfen im Übermut von einem heißblütigen, betrunkenen jungen Mann, letzte Nacht. Imaginäre Steinchen sonah wie möglich an den Sockel der Tafel werfen.

Es ist, als hätte sie schon immer auf der Straße gelebt. Die eigenen vier Wände fliehen, die einen anglotzen. Sooft wie möglich. Und obwohl sie niemand mehr zwingt zuhause zu bleiben, empfindet sie es wie eine Genugtuung, als würde sie jemandem ein Schnippchen schlagen, wenn die Tür hinter ihr ins Schloß fällt. Kein Hausarrest. Ausbüchsen.

Sie treibt sich herum, vor allem nachts. Tagsüber fährt sie Straßenbahn oder wartet auf sie. Am Gehsteigrand, an der Böschung zur Fahrbahn liegen zwei zerquetschte Gummibärchen, ein oranges und ein gelbes. Sie freuen sich auf den kommenden Regen, der sie glänzend und lebendig machen wird. Ausländische Marionetten in orangefarbiger Montur reinigen normalerweise die Straße, entsorgen den Müll und glätten die Oberfläche. Räumen die Zeitungen, die sie abends davor verkauft haben an der Kreuzung, tagsdarauf wieder weg. Vis-à-vis am Dachsims sitzen Tauben. Die abschließende Stukkatur am obersten Hausrand könnte von Löwen handeln. Von achtzehn Fenstern sind fünf geöffnet. Frühlingskalender.

Autos fahren vorbei und Menschen auf Rädern. Manche Leute vermögen im Straßenlärm das Rauschen des Meeres zu hören. Manche Gefängnisse verlieren scheinbar, sobald man sie betritt, ihre Schrecken und Mauern. Vor der Stadt braut sich etwas zusammen. Das merkt man an der Luftspiegelung, sagt sie sich: wie durch eine Kerze hindurchschauen.

Ein junger Mann kommt vorbei, der ihr gefällt. Er stellt sich neben sie. Er hat dunkelbraune Haare, ein weißes Hemd, dunkelbraune Velourslederschuhe. Er spielt mit seinem Kurzstreckenfahrschein, dreht ihn zwischen den Fingern. Die andere Hand hat er in der Hosentasche. Die Beine sind gespreizt. Die Zehen unter den dunkelbraunen Schuhen wippen auf und ab. Der Kurzstreckenfahrschein fällt zu Boden. Sie macht eine instinktive Bewegung vorwärts, fängt sich gerade noch auf, er hat es trotzdem registriert und vernichtet sie mit dem strengen, an Frauen nichts schätzenden Blick eines verzogenen, wohlbehüteten Grünschnabels.

Die Straßenbahn kommt und sie entschließt sich zu Fuß zu gehen. Sie spricht mit sich selbst, während sie geht, und überläßt die Gedanken ihrem eigenen Weg.

Sie träumt oft von öffentlichen Verkehrsmitteln, wobei ihr der Autobus bei weitem das liebste ist. Der Bus ist ein Fahrzeug, das ihr vertraut ist, der stehenbleibt, ganz selbstverständlich, auch wenn sie sich mitten auf einer Landstraße befindet, dem sie nur winken muß, oder nicht einmal das, der von alleine stoppt und fragt, ob er sie mitnehmen kann. Das hängt sicherlich mit ihrer Kindheit zusammen, in der sie täglich mit dem Bus zur Schule gefahren ist. Die Buschauffeure erkannten sie von weitem, und tun das heute noch mitunter. Am zweitliebsten sind ihr Straßenbahnen, Tramways, die sind auch übersichtlich und geben den Blick frei auf Menschen und die Stadt. Und man kann Danke sagen, wenn ein netter Schaffner die Tür offen hält oder extra nochmals öffnet. U-Bahnen mag sie nicht, die knallen einem die Tür skrupellos vor der Nase zu, obwohl eine mechanische Stimme zuvor warnt, Zug fährt ab, Bitte zurücktreten!, sie mag auch die Vorstellung nicht, sich unter der Erde durch einen Tunnel zu bewegen, ganz abgesehen von den Kontrolloren, denen man unterirdisch ausgeliefert ist. Aber am schlimmsten sind die Lift-Träume. Ausgesetzt. In winzigen silbrigglänzenden Kabinen. Die einem zwar hohe Stockwerke, in Höchstgeschwindigkeit versprechen, nur der Fluchtweg ist praktisch nicht vorhanden. Und keinerlei menschliche Ansprechspartner, bloß Knöpfe zu drücken.

Männer sitzen in den zurechtgezimmerten, mittels Blumenkästen oder Holzparavents abgetrennten Schanigärten und gaffen den Frauen nach. Brüste. Beine. Sie schauen und taxieren und spinnen ihre eigenen Gedanken, insgeheim, falls sie alleine am Tisch sitzen, oder reißen, in Gesellschaft, ihre beleidigenden Witze über diejenigen, die zu gut aussehen und die sie nie besitzen werden, und die, wie sie meinen, allzu Häßlichen. Die Unauffälligen, Mittelmäßigen sparen sie aus.

Das Gefängnis erweitern. Von dem einen ins nächstgrößere fliehen. Den Mut haben sich den Blicken auszusetzen. Kreuzfeuer.

Ein älterer Herr in dunkelgrüner Cordjacke hebt bedeutungsvoll seine buschigen Augenbrauen, als er an ihr vorbeigeht. Ein junger Türke sieht ihr direkt ins Gesicht und grinst. Das Schuhgeschäft an der Ecke. Hush Puppies. Der Hund mit den langen Ohren und den kurzen Beinen. Treuherzig. Traurig.

Sie sieht sich im Spiegel. Sie erinnert sich an den dreiteiligen Spiegelschrank ihrer Mutter, an die Psyche ihrer Mutter: dreiteilig. Verschiebbar, veränderbar.

Ihr Profil: das einen Vogels. Nase und Mund spitz aufeinander zulaufend.

Ihre Wohnung: Das Tropfen des Wasserhahns, das Ticken der Uhr, entfernter Lärm von der Straße. Entfernte Apfelschalen und Kerne in der Obstschüssel, im Abfalleimer. Das Runtertragen von Müll. Der Kühlschrank surrt sein ewiggleiches Lied. Atmet schwer, schläft wieder ein. Die Teller und Tassen warten geduldig auf ihren Abwasch. Das Tasten nach einer Zigarette. Anzünden und Ausdämpfen. Das Läuten des Postmannes, zweimal, um halb zwölf. Öffnen per Fingerdruck. Essig und Öl stehen brav nebeneinander, wie es sich gehört, ebenso Salz und Pfeffer. Die Kaffeemaschine Siemens schmollt vor sich hin, befleckt, verkrustet, immer beiseite gelassen, in den Genuß von Badewasser kommt sie nur für Sekunden, bevor sie es in Kaffee verwandeln darf. So ist das mit Maschinen.

Sie bleibt an einem Antiquitätengeschäft stehen und betrachtet die Auslage. Zitronengelbe Likörgläser mit goldener Gravur. Ein Tablett aus weißgrauem Marmor mit Silbergriffen. Bilderrahmen. Ein bernsteinfarbener Kerzenhalter. Kleiderhaken aus Holz. Ein mit Pailletten besticktes Damenjäckchen. Ein Spazierstock mit geschnitztem Hirschgriff. Aschenbecher aus Glas. Ein Schildkrötenpanzer als Briefbeschwerer, wie grausam. In dem Bücherkistchen *Taras Bulba* von Gogol, ziemlich abgegriffen und schmutzigbeige, der Buchdeckel bis zur Hälfte gerissen, sie zieht das Buch heraus, blättert durch die von der Witterung beinahe fest aneinander klebenden Seiten: Wiener Verlag, 1946. Dramatische Tuschzeichnungen, von einem gewissen Walter Behrens, ist nachzulesen, Gesichter und Landschaften. Auf der Innenseite des Buchdeckels mit Bleistift eine Widmung oder Notiz in geschwungener Schrift: *Sweetheart, my Darling, my Dear, komm doch, o komm doch zu mir.* Sie stellt das Buch zurück.

Das Haus neben dem Antiquitätengeschäft hat eine ungewöhnlich hohe Treppe bis zum Eingangstor hinauf, fünf Stufen, das ist ungewöhnlich für diese Stadt. Sie tritt einige Schritte zurück, um das Haus zu betrachten. Es gefällt ihr, ist altrosarot, anscheinend frisch gestrichen, mit grobem, körnigem Verputz, eine mahagonifarbene, sehr breite und hohe Tür, ebenso die Fenster, Doppelkreuz. Das können Männer gut: Entwerfen und Bauen. Exakte, feine Linien ziehen auf dem Reißbrett. Ausmalen und Renovieren auch, mitunter. Sie setzt sich auf die dritte von den fünf Stufen, die noch Reste von Farbe tragen.

Hast du dich wieder herumgetrieben, fragt sie sich, hört sie jemanden fragen, der die Farbreste auf ihrem hellgrauen Regenmantel identifiziert, entdeckt hat, rosarot und weißer Mörtel, mit einem Maurer hast du's wohl getrieben, was?, war's der Geselle oder der Meister?

Auf der gegenüberliegenden Straßenseite pinkfarbene Plateau-Turnschuhe mit grünfluoreszierenden Sicherheitssternchen an der Sohle, in denen die schmalen Fesseln einer jungen Frau stecken. Sie wird von ihrem Hund gezogen, überholt die stechenden Schritte eines gebügelten Nadelstreifanzugs, nicht ganz nach ihrem Willen. Willenlos stolpern. Zickzacklaufen. Kontrast zum Geradeaus der anderen, die ihre Selbstzufriedenheit zur Schau stellen, beziehungsweise nicht verlieren wollen. Dicht gefolgt von den gefährlich klappernden, weißen Stöckelschuhen einer großen, blonden Frau, die es wagt, ein luftiges, sehr kurz geschnittenes, blau-grün-schimmerndes Kleid zu tragen. Sie scheint ihre Schuhe als Waffen zu benutzen, Säbelwetzen am Asphalt gegen männliche Lanzen. Ihr Liebhaber oder Ehemann erkennt sie sicherlich von weitem. Er hört sie bereits in der Nebenstraße, im Treppenhaus kommen. Manchen Männern flößen solche hochhackigen Schuhe Angst ein.

Den Mut haben, sich den Blicken auszuliefern, Tag für Tag, Nacht für Nacht, und schmutzige, wie sie meinen, Kosenamen hinterhergerufen oder zugedacht zu bekommen. Zu ernten. Von besoffenen Bauarbeitern auf der Leiter oder vom Kran herab, von ehemüden Krüppeln mit Bierbauch, von pickeligen Halbwüchsigen inmitten der schützenden Schar ihrer lärmenden Freunde.

Sie steht auf, wischt den Staub von ihrem Mantel und geht weiter. Es wäre lustig, überlegt sie, die Schritte und zurückgelegten Wege und Strecken der Menschen auf der Straße zu verbinden, zu strichlieren oder skizzieren, wie auf einem Reißbrett, oder mittels Bindfaden nachzuverfolgen, in jeweils verschiedenen Farben, Herr Meier dunkelgrün wie seine Cordjacke, Frau Müller erdbeerrosa wie ihr Strickjäckchen oder perlweiß wie ihr Pudel, Wollfäden oder Garne, und aus dem Netz, das daraus entsteht, könnte man einen Teppich weben.

Ihre ehemalige Handarbeitslehrerin: Eine beleibte, gutmütige Frau mit gelben Löckchen und dunkelblauen Faltenröcken. Sie hantelte sich auf einem Stock in die Schulklasse, weil sie dicke, wehe Beine hatte. Aus den schmal geschnittenen, viel zu engen Pumps quoll der Fußrücken weißlich hervor. Ihre Finger schlank und flink, wie junge Vögel. Zwei glatt, zwei verkehrt. Stäbchen und Luftmaschen. Den Daumen darunter, mit dem Zeigefinger überheben. Widerhakige Häkelnadeln. Stickrahmen. Kreuzstiche.

Vor der Stadt braut sich was zusammen. Wenn man Knochen aneinander reibt, müßte das eigentlich einen ähnlichen Ton wie Donnerrollen ergeben. Donner ist orange. Der Blitz grün. In der Nacht ändern sich jedoch die Farben.

Vor ihren Füßen ein ausgespucktes Meer von Zigarettenkippen, so als hätte jemand seinen Aschenbecher aus dem Auto geleert, ihn mitten auf dem Gehsteig ausgelagert. Sie weicht aus. In der Stadt gibt es mehr Spucker als auf dem Land, oder die Leute auf dem Land spucken eher ins Gras, das das Naß aufsaugt, ähnlich wie den Urin, und die, sicherlich zu achtzig Prozent oder mehr, männlichen Körpersäfte prasseln nicht auf Beton oder Stein und lassen ihre kleinodergroßpfützigen Markierungen zurück.

Die Kirchturmuhr schlägt vier. Eine Frau mit roten Haaren und tiefem Grübchen am Kinn schlendert mit weitausholenden Schritten vorbei. Sie hat weiß-blau-gestreifte Fischerhosen an und Sandalen. Die ersten Sandalen in diesem Jahr, allerdings mit

Socken getragen. Immerhin. Beinahe wie Kniestrümpfe. Kniestrümpfe bedeuten für sie immer das erste, untrügliche Zeichen: Triumph der wärmeren Jahreszeit. Sie konnte es als Kind kaum erwarten, das erste Mal im neuen Jahr ihre hellgelben Kniestrümpfe mit den roten Punkten anziehen zu dürfen. Sie trug sie noch als Vierzehnjährige, an den Waden hinuntergerollt.

Manche Autos schalten ihre Scheinwerfer ein. Sie ahnen oder rechnen bereits mit einem Wetterumschwung. Dennoch wirken sie ungewiß, taumelnd, manche blenden wieder ab.

Sommergewitter sind etwas gespenstisch Schönes. Vor allem in der Nacht, vor allem am Land. Die nervösen und lästigen Kratzgeräusche der Insekten. Sie krachen gegen Wände und Haut. Nachdem der Tag Erde und Luft aufgeheizt, zum Dampfen gebracht hat, Fata Morganas entstehen hat lassen, Flirren und Illusionen, kündigt der Donner eine Entscheidung an, zeigt einem der plötzlich aufflackernde Blitz einen nie zuvor gesehenen Weg. Man muß geduldig und aufmerksam sein, um ihn wahrzunehmen.

Sie hat es aufgegeben, sich verboten, Wetterberichte im Radio oder im Fernsehen zu verfolgen. Sie will keine Wettervorschau für den nächsten Tag. Erstens trifft sie sowieso nicht immer zu, und zweitens verdirbt sie ihr die Überraschung, weckt falsche Erwartungen, schon beim Erwachen. Man stellt sich ein auf Sonnenschein, packt die Badehose ein, und wird platschnaß vom Schnürlregen, oder man verschläft, schon im vorhinein, einen prächtig strahlend weißen Tag, bloß weil eine hektisch fuchtelnde und quasselnde Wettertante in einem schlecht geschnittenen, übertriebenen Kostüm oder ein etwas distinguierterer Herr in dunkelgrauem Anzug mit mürrischer Miene und in Falten gelegter Stirn Unwetter und Abkühlung, schon wieder!, es tut mir leid!, prophezeit.

Sie hat ihren hellgrauen Regenmantel, der sich mühelos zusammenrollen und im Rucksack verstauen läßt.

Die Straße zu überqueren, der Zebrastreifen erscheint ihr manchmal wie eine Schlitterbahn. Eine Frau mit schuppiger, aufgerauhter Gesichtshaut berührt im Vorbeigehen ihren Arm, ihre Wange sieht zerfurcht aus, von den Augenrändern ziehen sich glatte Linien, Bäche bis zum Hals hinab, als würde sie ihre Tränen in aller Öffentlichkeit trocknen lassen.

Ein Fenster an dem Eckhaus nach der Kreuzung ist mit einer Blumengirlande aus Kreppapier geschmückt. Vielleicht findet dahinter ein Kindergeburtstag statt. Ein anderes Fenster wird gerade von einer jungen Frau mit hellblondem Pagenkopf und roter Bluse, die Ärmel hinaufgerollt, mittels Sprühdose und gelbem Schwamm gewaschen, mit hellgrauem Tuch nachpoliert. Unwirsch. Halbherzig, das zeigen die Schlieren.

Vielleicht, überlegt sie, sollte sie zum Bahnhof gehen. Sie beobachtet gerne Abreisende und Ankommende und deren Angehörige. Es stimmt sie melancholisch und berührt sie. Sie setzt sich dann auf eine Bank gegenüber vom Blumenladen, der Wucherpreise für seine Gerberer, Nelken und Vergißmeinnicht verlangt und sieht den Menschen zu, die kaufen, verabschieden und begrüßen, mit aufgeregt fleckigen Wangen. Wäre der Flughafen nicht so weit außerhalb der Stadt gelegen, man braucht mit dem Bus eine gute halbe Stunde und er hat unregelmäßige Abfahrtszeiten, würde sie öfter hinausfahren und sich neben die Wartenden in der Ankunftshalle stellen. Begrüßen ist zweifellos schöner als verabschieden, hat sie den Eindruck, wenn sie die Angehörigen beobachtet, die jemandem zum Zug oder zum Flughafen begleiten. Alles gesagt, scheint es, jedes weitere Wort, jeder Satz wird im Keim erstickt, unnötig, ihn erst zu beginnen oder fortzuführen, da man sich nicht sicher ist, ob man ihn noch zuende bringen kann. Die Uhren führen das Regiment. Man wünscht sich, daß die Zeit schneller vergeht, daß die überdimensionalen Minutenzeiger vorspringen, könnte man sie bloß manipulieren!, damit man sich endlich umdrehen und den bis dahin zurückgehaltenen Tränen freien Lauf lassen darf. Wohingegen in der Ankunftshalle am Flughafen, vor allem wenn die Verspätung einer Maschine bekanntgegeben wird, eine ganz andere Nervosität herrscht. Erwartungshaltungen, auf beiden Seiten, fast nicht bezähmbare Vorfreude, Unsicherheit und Zweifel. Angst vor Enttäuschung. Ist er noch der Alte, sie noch die Gleiche? Sind die Gefühle noch da? Das Gate öffnet sich, wie ein Vorhang, und die Ankommenden können sich der Performance und Aufmerksamkeit dieser vielen auf sie gerichteten Augenpaare nicht erwehren, Geschäftsmänner passieren dieses Stück Theaterbrett wie Geschäftsmänner, mit abgebrühter Miene, bekannte Schauspieler oder Sänger agieren wie bekannte Schauspieler oder Sänger, die auf ihren Chauffeur und die dazugehörige Begleitperson, meistens weiblich, warten, alleinstehende Männer oder Frauen tun so, als ob sie von jemandem erwartet würden und entspannen sich erst, sobald sie sich durch die Menge hindurchgekämpft haben.

In letzter Zeit ist es für sie nicht mehr so gemütlich am Bahnhof, weil junge und alte Schnorrer sie alle paar Minuten um Kleingeld anbetteln oder besoffene, stinkende, nicht weiter in irgendeine Kategorie einzustufende Männer ihren bedürftigen Arm um ihre Schulter oder Hüfte legen wollen. Eines der ältesten Mißverständnisse der Welt, oder ihrer Welt, scheint darin zu bestehen, daß Männer *a priori* von einer Frau annehmen, davon ausgehen, sie wolle sie verführen, *immer*, wenn sie sich so oder so bewegt, ihre Hüften dreht, ihre Brüste zur Schau stellt, oft genügt eine Geste mit der Hand. Viele sind davon überzeugt, ob es sich nun um eine Sekretärin handelt oder eine Angestellte am Bankschalter, der sie gegenüber stehen, oder eine Frau, die am Bahnhof auf einer Wartebank sitzt und sich eine Zigarette, auf die oder die andere Weise anzündet: Sie ist hinter den Männern, hinter mir her! Sie will, daß ich ihr Feuer gebe! Was für eine Selbstüberschätzung und leicht durchschaubare Projektion. Und trotzdem halten sie an ihrer Meinung fest, man könnte fast Glauben dazu sagen, und erfinden hinterher, wenn sie eine Abfuhr bekommen haben, Ausreden: Sie wollte es ja, sie hat sich bloß nicht getraut. Oder sie ist gespalten. Ein raffiniertes Luder. Frigid. Prüde.

Das sich ständig wandelnde und dennoch gleichbleibende Stadttheater gibt wieder einmal Frühling/Sommerbeginn. Mit Requisiten wie Fensterputzerinnen, Männern in blumenbekränzten Vorzimmern und Vogelstimmen. Mit unsicheren Autofahrern und möglicher Wetteränderung. Ihr Platz in diesem Theater ist der fußfreie. Manchmal Stehplatz, aber nicht der hinterste.

Wenn sie mit dem Autobus fährt, bleibt sie meist nahe der Tür stehen, im Kinderwagenbereich. Oder sie setzt sich, falls sie einen Fahrschein gekauft hat, in die letzte Reihe. Das ist ein Privileg, noch aus der Schulzeit. Je weiter in den Klassen vorgerückt, hinaufgerückt, desto näher kam man der begehrten letzten Sitzbank. Da saßen nur die Chefs, die Ältesten, mit der größten Klappe und den von ihnen bevorzugten, auserwählten Mädchen. Von da aus hatten sie den Überblick auf den gesamten Bus, auf ihr Volk. Die kleiner gewachsenen, oft mit Brille versehenen Hofnarren saßen in der vorletzten Reihe. Graue Eminenzen, die inzwischen zu Professoren und Ärzten aufgestiegen sind und nun ihrerseits austeilen, hat sie bei einem Klassentreffen feststellen müssen.

Reifen quietschen, Kinder haben wieder mal ihren Schutzengel in Anspruch genommen, eiliges Davonlaufen vor der erschrockenen, wütenden Stimme des Fahrers, der eigentlich schon längst zu Hause sein sollte und es auch wäre, hätte ihn dieser letzte Kunde nicht so lange aufgehalten.

Räumungen von Verlassenschaften, Ein- und Verkauf, Besenrein. 1 Flasche Campari plus 1 Liter Orangensaft gratis.

Pensionistenbonus, jeden Mittwoch, für Dauerwellen und Tönung.

Sie ist beim *Humana*-Geschäft angekommen. Es liegt oft auf ihrem Weg. Obwohl sie selten etwas kauft, geht sie nie daran vorbei. Sie mag es, sich die alten, getragenen Kleidungsstücke anzusehen, in der Kiste mit den Sonderangeboten zu wühlen. Darin befinden sich meist vergilbte Büstenhalter oder Badehosen mit losem Gummi oder zerbeulte, zerschlissene Hüte, sehr Persönliches, Intimes also. Schweißflecken, die nicht rauszuwaschen waren, Kopfhaare, die sich zwischen Stroh oder Bast eingeflochten haben, in Loden und Filz vermoost, die Mieder hineingewachsen in die Körper ihrer Trägerinnen, die Hüte an die jeweilige Kopfform angepaßt, unkorrigierbare, unauslöschliche Stempel.

Ein dunkelrotes Samtkleid mit weißem Kragen. Ein goldenes Ballkleid aus den Siebzigern. Ein dunkelblaues Negligé mit schwarzen Borten. Einunddieselbe Frau könnte alle drei Kleider getragen haben. Das erste als junge, unverheiratete Frau, von ihrer Mutter gekauft, das zweite als verheiratete, wobei sie allerdings mit ihrem Mann streiten, ihn erst dazu überreden mußte das Geld herauszurücken, für diese Gelegenheit, denn es war etwas übertrieben und gewagt und auch etwas teuer, er wollte eher, daß sie das vom Vorjahr trägt, das war doch noch sehr schön und gut genug, aber das schlug sie vehement aus, was sollten denn ihre Bekannten denken, vor allem ihre Freundin Luise? Das dritte, das dunkelblaue, durchsichtige Negligé mit den schwarzen Borten hat er ihr zum zehnten Hochzeitstag geschenkt.

Sie nimmt ein beiges Frotteebadekleid mit hellblauem Rundhalskragen und ebenfalls blauem, an der Hüfte sitzendem Gürtel, in sehr dünnen, gehäkelten Schlaufen baumelnd, von der Stange, sie will es nicht kaufen, nur mal sehen, wie es ihr steht, und geht in die Kabine, um es zu probieren. Ihre

Mutter hat ein ähnliches besessen, in Gelb, mit grellorangem Plastikgürtel. Dazu trug sie diese gräßlich orangefarbenen Plateausandalen mit Riemchen, die sie bis über die Waden hinauf schnürte, es zumindest versuchte, denn sie rutschten immer wieder hinunter, hat sie ihr lachend erzählt, als sie einmal gemeinsam den alten Wäscheschrank am Dachboden durchforstet haben, ärgerlich, dieses gar nicht billige Zeug aus Italien, auf das sie zuerst so stolz war und das sie dann alle paar Minuten zurechtrücken mußte. Damals waren solche Schuhe hochmodern, und heute sind sie es wieder.

Sie streift das Kleid über, muß kichern, über das, was sich ihr da im Spiegelausschnitt zeigt. Sie zieht den Vorhang weg, tritt einige Schritte zurück, stellt sich auf die Zehenspitzen, um sich vom Scheitel bis zur Sohle zu betrachten. Seltsam. Lustig. Der beige, breitkrempige Strohhut mit Schleife, den sie zuvor gesehen hat, fällt ihr ein, der würde gut dazu passen, sie läuft barfuß zur Kiste und angelt ihn sich, setzt ihn auf. Ein ganzer Strauß von billigen, blumigen Parfums, vermischt mit ranzigem Sonnenöl, gießt sich über ihren Kopf, den sie nun in den Nacken wirft, die Arme in die Hüften stemmt, spaßhalber posiert für ein Urlaubsfoto am See. *Sweetheart, my Darling, my Dear, komm doch, o komm doch zu mir* würde sie auf die Rückseite des Fotos schreiben, falls er, der Angehimmelte, das Sweetheart, nicht sowieso derjenige wäre, der es schießt. Steht Ihnen gut, sagt ein Typ, der sie beobachtet, hört sie jemanden sagen, dessen Gesicht und Gestalt sie nicht einmal wahrnehmen kann, die Stimme genügt, um sie aus ihrem Spiel zu reißen und wieder in der Kabine zu verschwinden. Nichts ist so schrecklich wie das Geräusch eines plötzlich hochschnellenden Rouleaus, die Schnur, die es festgehalten hat, hat sich gelöst, mitten in der Nacht oder am frühen Morgen. Sie streift hastig das Kleid ab, wirft es über den Haken, bringt es nicht einmal zurück an den Ständer, sie blickt sich nicht um und verläßt rasch das Geschäft.

Sie läuft die Straße geradeaus. Bis zum Platz mit der Kirche. Überlegt, ob sie mitten hindurch, daran vorbei oder die nächste Seitenstraße wählen soll.

Die rechte Häuserzeile ist bereits gänzlich mit dem Schatten der Kirche bedeckt. Davor parkt eine mindestens viermeterhohe Patronatsfigur mit Heiligenschein. Sie hat sich noch nie die Mühe gemacht herauszufinden, wen die Statue darstellen soll, das steinerne Geschöpf mit Strahlenkrone und himmelwärts gerichtetem Blick interessiert auch andere Menschen nicht, scheint es, allein die Tauben zollen ihm Aufmerksamkeit. Links befindet sich das Pfarrhaus und angrenzend das katholische Gymnasium. Drei Restaurants teilen sich den Innenraum. Ein Italiener mit weiß-blau karierten Tischtüchern und gelben Sonnenschirmen, ein Altwiener Kaffeehaus mit weißen Plastiksesseln und Plastiktischen, und ein Heuriger mit efeubewachsenen Holzgattern. Der Duft von heißer, knuspriger Pizza überlagert alle anderen Gerüche. Brot, Mehl. Tomaten, Mozarella und Funghi.

Sie mußte lange üben, um solche Plätze überqueren zu können. Es war immer wieder eine Herausforderung, eine Mutprobe für sie. Tief durchatmen, den Blick geradeaus, das Kinn etwas heben. Gleichmäßige Schritte, zählen. Daran denken, daß sie irgendwann erkannt hatte, daß sie keinen Pickel auf der Nase oder zu dicke Waden hatte, daß man sie nicht wegen ihrer Mängel, sondern ihrer Vorzüge wegen musterte. Sich daran erinnern, daß sie zu dem Schluß gekommen war, daß das Schauen und Stieren und Starren keine wirkliche Bedeutung hatte. Daß ihre wahre Schönheit sowieso nicht erkannt wurde.

Sie hat ihre Sonnenbrille zu Hause vergessen. Die setzt sie bei solchen Gelegenheiten manchmal auf. Sonnenbrille und Regenhaut, egal bei welchem Wetter. Sie drückt sich die Mauer entlang, ist im Moment nicht aufgelegt zu Mutproben. Später vielleicht … Sie registriert, daß niemandes Blick ihr folgt. So einfach ist das eigentlich. Man muß sich nur etwas ducken, an die Mauer drücken. Das funktioniert allerdings nicht immer, an diesem Platz, heute, gerade eben, hatte sie Glück.

Ein Aufschneider in Unterleibchen stützt sich aus einem Fenster, am Bizeps tanzen tätowierte Drachen, er schmeißt seine Zigarette brennend auf die Straße. Aus einem anderen Stockwerk blubbert ein kochender Wassertopf, die Frau steht daneben und läßt das Salz versonnen über ihre Handinnenfläche, zwischen ihren Fingern hindurchrieseln.

An der nächsten Ecke wieder ein Ristorante, aus dem Rosmarin- und Oreganodüfte strömen. Vermischt mit holzofengebratenem Fisch und Pizzabroten. Verspürt sie Hunger? Nein, eher Sehnsucht nach dem Meer, stellt sie fest. Und das müßte sich nicht unbedingt in Italien befinden, könnte auch irgendwo vor Griechenland liegen. Jedenfalls müßte ein Holztischchen weiß gedeckt sein, mit Blick auf das Meer, und darauf könnte dann ein tiefer Teller mit silbrigglänzigen Sardinen und würzigem Schafskäse in Olivenöl stehen, oder eine saftige, wie eine Geburtstagstorte in ebenmäßige, gleichgroße Teile geschnittene Pizza Margarita mit Knoblauch und zwei Karaffen aus Ton, die eine gefüllt mit dunklem Rotwein, die andere voll frischem, glasklarem Wasser.

Sie selbst war noch nie in Griechenland, aber so stellt sie es sich vor. So hat sie es auf den Prospekten und Plakaten der Reisebüros gesehen. Da werden oft gedeckte Tische vor dem Meer, vor einem Hafen photographiert. Und blaue Vasen und Stühle. Roter Oleander. In Italien war sie schon einmal, mit zwölf. Aber das war eine schwierige und traurige Zeit. Sie erinnert sich vor allem an das Gelati, an Meloneneis und Stracciatella. Und an das Baden im Meer, gemeinsam mit ihrer Mutter. Es war eine schwierige Zeit, in der sich plötzlich alles änderte, und sie nicht verstand, warum. Man muß sich manchmal ducken, an die Mauer drücken, den Kopf neigen und seine Demut und Unterwürfigkeit signalisieren, dann entgeht man der Strafe. Oder sie fällt zumindest milder aus als erwartet. Statt fünf Ohrfeigen, einem Trommelwirbel, nur eine erhalten. Die sitzt dann aber richtig. Sie hat sie sich verdient.

Duschvorhänge um den halben Preis. Perserteppiche stark reduziert. Sie sieht sich die Teppiche genauer an. Am besten gefallen ihr die mit den Tiermotiven. Gelb-blaue Vögel auf dunkelgrünen Zweigen und türkisem Hintergrund, paradiesisch. Flamingos, nicht pink, eher rot. Kolibris vor Blütenstempel, flatternd, trinkend. Pfaue mit eingezogenem Schwanz. Jagdszenen: Ein Tiger erlegt eine Antilope. Ein Greifvogel stürzt sich auf einen Elch oder ein anderes, nicht genauer zu definierendes Rotwild.

Sie hat einen Kollegen in diesem Bezirk, der sich ähnlich wie sie herumtreibt. Allerdings hat sie ihn noch nie außerhalb eines Haltestellenbereiches gesichtet, er steht immer nur an den Straßenbahnhaltestellen herum, vor zwei Linien, die hier verkehren, 46 und 5. Heute geht er vor der Bank auf und ab und tut so, als ob er auf den 46er warten würde. Sie hat ihn noch nie in einem anderen Bezirk angetroffen. Er ist in mittleren Jahren, zwischen vierzig und fünfzig, hat meist graue oder beige Pullover an, auch in der wärmeren Jahreszeit, trägt dunkelbraune Schnürlsamt- oder Leinenhosen. Seine Kleidung sieht gepflegt und nicht billig aus. Seine Schuhe sind geputzt und glänzen. Früher trug er eine Adidas-Sporttasche bei sich, seit einiger Zeit hat er sich einen Trolly zugelegt, aus Leder. Mit dem fährt er auf und ab, stellt ihn ab, blickt rechts und links und macht den Eindruck, als ob er auf ein Taxi oder einen Bekannten oder eben auf die Tramway warten würde, weil er sich ja vor deren Haltestelle aufhält. Seine Gesichtshaut gegerbt, verwittert. Seine Nase bedrohlich scharf gekrümmt, wie der Schnabel eines großen Vogels. Tiefliegende, dunkle Habichtsaugen. Ein Raubvogel in guten Kleidern mit Reisetasche ..., was wohl in seinem Kopf vorgeht? Warten auf die Straßenbahn, so tun, als ob man verreisen würde, so tun, als wäre man zum Bahnhof oder zum Flughafen unterwegs, oder auf dem Weg nach Hause. In beiden Fällen ist man ein Unberührbarer, Abwesender, mit seinem Denken und Fühlen bereits in der Ferne, sich vorbereitend, oder voll mit Erlebnissen, sich noch in den soeben verlassenen Städten und Landschaften befindend.

Sie bleibt vor dem Chinesischen Restaurant, gegenüber der Kreditanstalt stehen. Sie hat schon oft versucht, länger als er auszuharren, herauszufinden, wie er sich von einem Punkt zum anderen, zur nächsten Haltestelle, bewegt, fortkommt, es ist ihr bis jetzt nie gelungen. Es wurde ihr zu langweilig und gleichzeitig auch unangenehm, jemanden über einen längeren Zeitraum hinweg zu beobachten, sich auf die Lauer zu legen, bis er sein Geheimnis preisgibt. Und außerdem fühlt sie sich ungeschützt und durchschaut, warum sollte sie sich, nachdem sie zuerst so getan hat, als wolle sie die Straße überqueren, dann so als würden sie die Speisekarte und Menüvorschläge des Chinesen interessieren, dann so, als würde sie auf einen Bekannten warten, der sie zum Essen einlädt, da könnte sie doch gleich drinnen warten!, warum also sollte sie sich sehr viel länger noch hier aufhalten? Sie geht weiter.

Zwei achtjährige Buben üben sich im Zungenschnalzen, ein achtunddreißigjähriger, rotgesichtiger Juniorchef versucht seinen Rücken durchzudrücken, eine achtzigjährige Pensionistin schleppt sich mit einer Nylontasche voller leerer Flaschen zum Altglascontainer. Aus einer Hauseinfahrt strömt kühles Kölnisch Wasser.

Sie folgt der Spur ausgestreuter, verlorener oder weggeworfener DKT-Geldscheine, graue 10er und blaßgrüne 20er, die sich aber bald auflöst, stoppt. Eine Kirchturmuhr schlägt fünf. Ein zerbrochener Autoseitenspiegel liegt auf dem Gehsteigrand, das Muster ist bezaubernd, gibt wie ein Mosaik Himmels- und Häuserausschnitte wieder, sie wagt es jedoch nicht, ihn aufzuheben und einzustecken.

Ein junger Student trägt seine unglückliche Haut zu Markt. Eine überforderte Mutter setzt ihre quengelnde Tochter in den ADEG-Einkaufswagen und ist froh, daß sie endlich wieder lacht. Ein dunkelblau uniformierter Postbote leert den Briefkasteninhalt in einen beigen Sack und steigt in sein eierdottergelbes Auto. Der Wind nimmt zu. Irgendwo läutet ein Kollege vergeblich an der Tür einer hennarotgefärbten, langbeinigen Halbtagskraft. Die Kinder im Park schauen auf ihre Kinderplastikuhren mit den Schmetterlings-, Nixen- und Schlumpfmotiven und beeilen sich mit dem Spielen.

Sie kramt in ihrem Rucksack nach Kleingeld und läßt sich eine Dose Coca-Cola aus dem Automaten. Das Aluminium kühlt ihre Lippen. Sie hält sich die Dose an die Wange. Spaziert vor dem Spielzeuggeschäft auf und ab: Ein aufziehbarer Blechfrosch. Ein riesiger Plüschlöwe. Elefanten aus Holz, die einander mit dem Rüssel am Schwanz halten. Sie schmeißt die halbvolle Dose in den Müllkorb neben dem Automaten.

Eine Frau mit violett unterlaufenem Auge, die gemeinsam mit ihr die Trafik betritt. Gesenkten Haupts zwei Schachteln Memphis ordert, bezahlt, während sie an dem Ständer mit den Postkarten dreht. Sie braucht gar keine Postkarte, sie schaut sie sich nur an, dreht den Ständer und verläßt kurz nach der Frau mit dem rot-blauen Auge das Geschäft, geht ihr hinterher. Spießrutenlauf. Zickzacklinie, wie die junge Frau in den Turnschuhen zuvor, die ihrem Hund folgen mußte. Als ob alle es sehen könnten. Schnelle, kurze Schritte, in schwarzen Stoffschuhen, mit niedrigen Absätzen und silbernen Spangen. Die Schläge der Kindheit. Vom Alten eine gewischt bekommen. Sie wird's schon verdient haben. Im Badezimmer ausgerutscht. Auf der Seife in der Duschkabine, die ihr hinuntergefallen ist. Beim Raussteigen aus der Wanne unglücklich gefallen, auf die Fliesen, der Teppich verrutscht.

Die Frau geht in ein dunkles Haus ohne Gegensprechanlage. Ihren Kopf trägt sie tief. Hinter dem Tor blitzt ein kleiner Garten auf.

Viel kleiner als der, in dem sie als Kind gespielt hat. Ihr Garten war in verschiedene Bezirke eingeteilt: Ganz hinten der Arbeitsbereich unter den Kirsch- und Apfelbäumen. Hier wurden Pflanzen gesetzt, Beete ausgehoben, mit den abgebrochenen und zugespitzten Zweigen der Obstbäume begrenzt. Täglich begossen, mit einer lilafarbenen Kindergießkanne. Oder sie baute ganze Landschaften, mit Bergen, Flüssen und ausgeschaufelten Seen, auf Grund von Plastiksäckchen, Straßen mit Kieselsteinbegrenzung, Häuser aus bemalten und mit Buntpapier beklebten Streichholzschächtelchen, Zigarettenpäckchen als Wolkenkratzer. Autos aus Haselnußschalen mit roten Beeren-Rädern, die Aufhängung mittels Zahnstocher verbunden. Im Zentrum das weite Feld der Spielwiese, für ihre Freunde, wenn sie Besuch hatte. Im vorderen Teil ihr Lieblingsplatz unter den Nußbäumen und neben dem kleinen Teich mit den Fröschen. Hier spann sie ihre Geschichten, Märchen, und erzählte sie den Tieren. Frösche, Ameisen, Spinnen, Igel, Vögel, Schmetterlinge. Hier begrub sie die Mäuse, die sie tot an der Mauer des Nachbarn fand. Der wütende Nachbar, den sie nur selten zu Gesicht bekam, aber dessen laute Stimme sie vor allem nachts aus dem Schlaf riß. Eines Tages hat er sich aufgehängt, am Balken seines Stalls, den sie von ihrem Schlafzimmer, von ihrem Kinderbett aus sehen konnte. Seine Witwe, die fortan ein schwarzes Kopftuch trug und sich schämte.

Eine Türkin mit bunt gemustertem Kopftuch wird von zwei Jugendlichen auf Rollerblades gerammt. Als wären sie im Prater. Mutproben und *Hau den Lukas.* Autodrom und Kraftmeierei. Ein anderer wird von einem älteren Passanten darauf hingewiesen, daß er mit seinem Fahrrad den Fahrradweg benutzen muß, und nicht auf dem Gehsteig fahren darf. Er versucht sich zu rechtfertigen, er möchte direkt vor dem Fotogeschäft sein Rad abstellen und es im Auge behalten, weil er sein Fahrradschloß vergessen hat. Ausreden, murrt der Passant und geht fluchend flüchtend seines Weges. Wieviele Menschen begegnen einander, an einem Tag, auch mehrmals vielleicht, ohne sich zu kennen? Ums Eck, vor dem Fotogeschäft, oder in der Trafik?

Der Wind nimmt zu. Die Autos donnern vorbei. Sie steht noch immer vor dem Haus, neben dem Geschäft, an dem nun das City-Bike lehnt, in dem die Frau mit dem blauen Auge verschwunden ist. Die Wunde wie eine Tätowierung tragen. Stolz. Als Zeichen der Initiation?

Das Haus hat keine Gegensprechanlage. Und es sieht ein wenig heruntergekommen aus. Der Verputz bröckelt ab, die Fenster sind morsch. Es ähnelt ein wenig dem Haus, in dem sie vor ein paar Jahren gewohnt hat. Allerdings hatte das keinen Garten. Der erste Stock war vor allem von Ausländern bewohnt: Das merkte man allein daran, daß sie ihre Schuhe vor der Tür auszogen und dort stehen ließen, wenige Inländer tun das, die meisten haben Angst davor, daß sie gestohlen werden. Wer hat schon Interesse daran, die abgetretenen Schuhe eines Fremden zu stehlen? Die Ärmsten der Armen vielleicht, oder wiederum Ausländer? Aber die begnügen sich doch nicht mit Schuhen, die haben doch den Dietrich in der Tasche?

Sie geht weiter und nimmt eine Abkürzung, einen Abstecher durch den Park. Früher ist sie manchmal hier gesessen, auf einem der Bänkchen vis-à-vis vom Kinderspielplatz. Hat den Kindern zugesehen, beim Klettern auf dem Holzgerüst und beim nimmermüden Rauf-und-Runter an den Rutschen, die zusammensitzenden jungen Mütter und alten Frauen bei ihrem Tratsch belauscht, obwohl sie ihre Sprache nicht immer verstand. Ähnlich wie den unbedeutenden Denkmälern und

Heiligenstatuetten in dieser Stadt bloß Tauben Aufmerksamkeit zukommen lassen, beheimaten diese kleinen Hinterhofparks vor allem ausländische Gäste. Und Tiere, Schmetterlinge, Spinnen, Ameisen und Käfer. Allen voran Spatzen, die sich im Sandkastenbassin baden oder ganznah vor den ausgestreckten Menschenfüßen im Staub eine kühle Mulde graben. Das Klettergerüst mit den massiven Stangen, Balken, an denen die Kinder herumturnen, Stangen und Balken wie auf Stockbetten, die Holzspäne ausgestreut, um das Fallen zu mildern.

Komm nur, spring!, ich fange dich auf!

Ein städtischer Gärtner, auch wieder von dunkler Hautfarbe, schiebt seinen Schubkarren über den Rasen. Ein Rotkehlchenpärchen knistert in den Büschen. Sie stellt sich vor, sie würde sich an die Mauer setzen und einschlafen, und wenn sie aufwachte, würde der Efeu spiralenförmig über ihre Arme gewachsen sein, ein Schmuckstück von der Achsel bis zu den Fingerspitzen.

Komm nur, spring!, ich fange dich auf!

Der neue Mann ihrer Mutter, den sie in Italien kennengelernt hat. Ihr neuer Vater. Brustknospen, die zum Fangen, Angreifen und Tätscheln einladen.

Sie beschleunigt ihre Schritte. Sie wird kurz nach Hause gehen und sich eine Nudelsuppe kochen und ein Stück Brot dazu essen. Oder eine Tomatensuppe oder eine Gemüsesuppe, sie hat alles zuhause, alles von *Knorr*. Sie wird nicht lange bleiben, vielleicht noch das Geschirr abwaschen, vielleicht ein bißchen Radio hören. *Knorr*-Fertigtellersuppen sind schnell zubereitet und billig. Nur neun Schilling neunundneunzig oder Zwölfkommafünfzig. Im Radio hört sie am liebsten Klassische Musik. Den Elfenmarsch von Bartholdy, die Frühlingssymphonie von Schubert, den Totentanz von Liszt. Ihre Mutter hat sehr schön Klavier gespielt, immer abends, nach dem Essen. Nach dem gemeinsamen Abwasch und Abtrocknen,

Einräumen. Und sie durfte neben ihr, auf einem Extraschemel im Türkensitz hocken, der war nur fürs Zuhören und neben ihr Sitzen gedacht, und hat ihre schlanken, weißen Finger beobachtet, wie sie über die Tasten glitten, huschten, tanzten. Wenn sie ihre Augen zu Schlitzen zusammenzog und die Fingerbewegungen ihrer Mutter verfolgte, ergab das manchmal eine Zeichnung, eine Bildergeschichte zur Musik. Das Gesicht ihrer Mutter war während des Spielens immer ernst und konzentriert, ernst und traurig wie sonst nie. Vielleicht noch das Geschirr abwaschen. Oder sogar die Kaffeemaschine Siemens. Dann muß sie wieder raus. So ist das mit Maschinen.

Der Park wird vorschriftsmäßig um zwanzig Uhr geschlossen. Bis dahin sollten alle Lebewesen, Kinder sowie Hunde, mit oder ohne Beißkorb, wieder an die Leine genommen und nach Hause gezerrt worden sein. Die Vögel dürfen bleiben. Den Ball mußt du mitnehmen! Viktor!, aber den Vogel laß da, bitte! Viktor, hörst du mich? Laß den Vogel wieder los! Natascha, komm augenblicklich her und hilf deinem Bruder beim Zusammenpacken, der ist hinter den Tauben und Spatzen her und schießt ihnen mit Steinen nach, so geht das nicht! Spring doch, ätsch! Schieß doch, vorbei!

Sie ist schon draußen. Aus dem Park auf die Straße.

Ein Mann in dunklem Anzug und mit langen Koteletten, die in sein Handy hineingewachsen scheinen, stößt mit ihr zusammen. Er entschuldigt sich nicht. Ein kleiner Bub, mit lustig gestreifter grün-weißer Hose und pinkfarbenem T-Shirt, das dunkle, feine Haar zu Berge stehend, mit aufgerissenen, gierigen Augen, eine Hand fest umschlungen von seiner älteren Schwester, die ein Solettistäbchen wie eine Zigarette im Mundwinkel stecken hat, schleckt an einem Schokoladeneis, sein halbes Gesicht ist bekleckert. Das Mädchen schimpft mit ihm, ohne die Solettizigarette dabei zu verlieren, er stolpert mit seinen runden, dicken Beinen neben ihm her, die Zunge löffelartig ausgefahren und darauf konzentriert, die schwankende Waffeltüte mit der tropfenden, bereits an den Ärmchen hinunterrinnenden Köstlichkeit anzupeilen und zu treffen. Sie hat lange nicht mehr Eis gegessen. Schon gar nicht Stracciatella. Ihr Herz beginnt zu rasen, wenn sie an die Wohnungstüre denkt, an das Umdrehen des Schlüssels, ganz leise und vorsichtig, es ist kurz vor sechs, und die Nachbarin wird auch bald nach Hause kommen, sie wird sie im Stiegenhaus treffen und grüßen, wie so oft, und versuchen, sie in ein Gespräch zu verwickeln, aber sie wird abwimmeln und sagen, sie habe keine Zeit, sie müsse einen dringenden Anruf machen, ihre Freundin warte schon darauf, oder ihre Mutter, sie wird sich höflich entschuldigen und freundlich verabschieden. Hoffentlich beginnt es bald zu regnen, damit die Gummibärchen am Straßenrand wieder zum Leben erweckt werden.

Sie verlangsamt ihre Schritte. Will die Nachbarin heute nicht treffen und geht an ihrem Haus vorbei. Vor dem Schuhgeschäft bleibt sie stehen und betrachtet die Auslage und sich selber im Spiegel. Ein raffiniertes Luder, deine Tochter, eine kleine Lolita ist das! Die verdreht schon jetzt den Männern den Kopf. Ich werde sie unter meine Fittiche nehmen und auf sie aufpassen, gut, daß jetzt wieder ein Mann im Haus ist, nicht wahr, meine Liebe?

Sich rausschleichen. Immer und immer wieder. Darauf warten, die Faust ins Gesicht geschlagen zu bekommen. Egal was man tut. Ob man die Schuhe im Treppenhaus auszieht oder nicht. Er wartet schon. Ob man seine Schritte verkleiden will, verkleinern oder vergrößern, er erkennt sie. Lauert hinter der Tür. Roter Schmerz brennt auf der Wange, der Teppich im Vorzimmer rollt sich auf und verrutscht, die Wände stehen still und kleben an ihrem Tapetenmuster, orangefarbene Kreise, die sie zu zählen vermag, ein Muster wie viele andere. – Hast du dich wieder herumgetrieben?

II SIEBEN

Indem ich alle Hoffnung auf Wärme aufgebe, morde ich die Kälte.
Unica Zürn

(I) Carolyn ist siebzehn. Sie ist mit ihrer Mutter hergekommen, weil sie minderjährig ist und ihre Mutter unterschreiben muß. Ihr Vater darf nichts davon wissen. Sie ist zum zweiten Mal hier.

Christine ist zweiundzwanzig. Sie hat einen Freund. Er sitzt neben ihr und wird sie auch wieder abholen kommen.

Daniela ist siebenundzwanzig. Ein schwarzer Musiker hat es ihr angetan. Ihre Freundin wird sie abholen.

Natascha ist dreiunddreißig. Sie ist zum fünften Mal hier.

Gudrun.

Eine Türkin mit ihrer Schwester als Dolmetscherin.

Eine Mutter von zwei Kindern.

Insgesamt also sieben Frauen, sobald die Begleitpersonen das Zimmer verlassen haben werden.

Der Vater darf nichts davon wissen, sonst würde er Carolyn hinauswerfen. Und sie steht kurz vor der Matura, möchte studieren. Sie braucht sein Geld. Sie war erst vor vier Monaten hier, das erste Mal. Als sie der Narkotiseur gefragt hat, ob sie einen Freund hat und ob er die Hälfte der Kosten für die Abtreibung gezahlt hat, hat sie gelogen und Ja gesagt. Er hat das ja nur gefragt, um zu sehen, ob die Narkose wirkt, bis sie einschläft. Er hat sie noch etwas gefragt, aber daran kann sich Carolyn nicht mehr erinnern.

Ihre Mutter tut ihr leid. Ihr scheint das ganze noch näher zu gehen als ihr selbst. Sie hat nicht gewußt, daß sie so schnell wieder schwanger werden kann, hoffentlich wird ihre Mutter ihr nun erlauben die Pille zu nehmen.

Sieh es als ein Geschwür an, hat Christines Freund noch im Kaffeehaus gesagt, als ein Geschwür, das herausgenommen werden muß. Sie haben sich vorher im Kaffeehaus getroffen, obwohl sie nichts konsumieren darf, er hat zwei Kaffee getrunken, sie muß nüchtern sein. Sie ergreift seine Hand. Wie traurig, denkt sie, daß die Frauen hier alle ohne ihre Männer dasitzen. Peter wird sie auch wieder abholen kommen und für sie sorgen, sie verwöhnen.

Daniela hat die ganze letzte Nacht nicht geschlafen. Sie ist sich nicht sicher, ob sie das richtige tut. Sie hat Angst vor dem Eingriff, und Angst, daß es vorbei ist. Schlimm ist die Zeit davor, die Tage und Wochen des Überlegens, hat ihre Freundin gesagt, die sie später abholen wird und die bereits zweimal hier war, und die Hormone schlagen auch schon zu, das ist normal, die Brüste schmerzen, aber das geht vorbei, du wirst sehen, du wirst erleichtert sein, wenn es vorbei ist.

Natascha wird zum aufklärenden, abklärenden Gespräch ins Nebenzimmer gerufen. Sie kennt das bereits. Eine Fachkraft,

Sozialhelferin. Fragen und Antworten – „Sind Sie sicher?“ – Verhütungsmethoden, Krankheiten, Beruf, Alter. – „Anzahl der bisherigen Schwangerschaftsabbrüche?“ – „Drei.“ – „Schwierigkeiten?“ – „Ja.“ Sie hat Blutungen, seit einigen Tagen – ein Hinweis auf eine mögliche Fehlgeburt – „Eine sehr kleine Schwangerschaft. Sie können auch auf einen normalen Abgang warten“, hat die untersuchende Ärztin vor fünf Tagen gesagt, „das zahlt dann die Krankenkassa ...“ – Als sich Natascha verwirrt und zögernd vom Stuhl hochgehievt hatte, beugte sie sich nah, sehr nah an sie heran, „Sie verstehen mich doch?“ Natascha blickte sie erschrocken an. „Verstehen Sie mich? Es kann Ihnen auch passieren, daß Sie mitten in der Nacht mit einem Blutsturz aufwachen, dann müssen Sie sofort ins Spital!“ „Ja ...“, Natascha zog ihren Slip wieder an.

Carolyns Blutgruppe wird bestimmt. Ihre Mutter macht sich Vorwürfe. Sie hätte ihre Tochter anders erziehen müssen. Aber sie wollte doch immer auch einen Ausgleich schaffen zum Vater, der nach wie vor meint, sein einziges Kind vor allem Bösen, vor allen Schwierigkeiten durch seine Strenge schützen zu können ... Dadurch zwang er sie doch geradezu dazu zur Verbündeten der Tochter zu werden, ihr zu helfen, die Zeiten sind doch andere, ... sie wird ihr die Pille besorgen müssen, wird mit dem Hausarzt reden, so kann das doch nicht weitergehen, mit siebzehn ist sie doch kein kleines Kind mehr, die Vierzehnjährigen tun es doch heutzutage schon, ihr Mann lebt wirklich in der Vergangenheit ... Wenn er bloß nichts bemerkt – seine Welt würde zusammenbrechen!

Es hat nicht geklappt, bei Daniela. Sie war bei einer Frau, die bereits mit anderen Frauen Reisen ins Innere der Gebärmutter durchgeführt hat, sie kam zwar in einen Trancezustand, ihre Augen begannen zu rasen, zu zucken, schmerzend wurde es, während der Seance, und Tränen liefen ihr über das Gesicht, Zugang zu ihrem Kind fand sie jedoch nicht.

Es grenzt an Wahnsinn, hat Christines Freund schon immer gesagt, heutzutage ein Kind in die Welt zu setzen.

CHRISTINE, DER TEST

Christine ist zweiundzwanzig. Es ist ihre erste Abtreibung. Abtreibung ist eigentlich ein schreckliches Wort, Unterbrechung, auch nicht das richtige. Eine Unterbrechung würde vorausschicken, daß etwas fortgesetzt würde, und das wird es ja nicht. Den Test hat sie gemeinsam mit Peter gemacht. Er ist noch mitten in der Nacht aus dem Haus gerannt, in die nächste dienstbereite Apotheke, um den Test zu besorgen.

Sie kennt Peter seit einem Jahr. Zuvor hat sie nicht viel Glück gehabt mit den Männern. Sie hatte einige Bekanntschaften, aber nicht sehr tiefgehende.

Vor Peter war sie nur einmal verliebt gewesen. Sie hatte ihn auf der Universität für Bodenkultur kennengelernt. Es war einseitig, könnte man sagen. Zwei Jahre war sie mit ihrer großen Liebe zusammen, und dann ist sie dahintergekommen, daß er sie von Anfang an betrogen hat. Sie war zu jung, könnte man sagen, und zu blauäugig. Obwohl sie geahnt hatte, daß etwas nicht stimmt, hat sie nicht losgelassen. Sie hat immer wieder nachgefragt: „Liebst du mich?", und ist ihm nachgerannt, in diverse Lokale, wo sie ihn vermutete, und auch prompt antraf mit anderen Frauen, nur, wie er betonte, guten Bekannten. Sie war zu naiv. Und zu wenig selbstsicher. Hätte sie mehr Rummel machen sollen? Schreien? Toben? – Sie vertraute ihm, seinen Worten, bis sie ihn dann, nach einer quälenden, schlaflosen Nacht ertappt hatte, am Morgen, beim Frühstück in seiner Wohnung – auch er hatte ihr vertraut, sie für so schwach gehalten, daß sie es nicht wagen würde, unangemeldet an seiner Tür zu klingeln …

Sie läutete zuerst unten, am Tor, er antwortete mit einer hellen, hellwachen Stimme, „Ja …?", und aus irgendeinem Grund antwortete sie nicht, war beschämt, weil sie ihm mißtraute, kehrte beinahe um, dann läutete sie bei einer anderen Nummer, und die ließ sie rein, sie schlich die Treppen bis zum dritten Stock hinauf, langsam, sehr langsam, tief ein- und ausatmend, stand schließlich vor seiner Tür, setzte sich auf den Boden. Hörte leise Stimmen, von zwei Menschen, Mann und Frau. Seine kannte sie: „Mach' dir nichts draus ..." und die andere nicht, ein Kichern. Sie wollte umkehren, die Antwort hatte sie bereits, doch dann ging es um mehr, um einen Test: Würde sie es schaffen zu klingeln? Sie tat es. Ohne daß jemand öffnete. Doch die Stimmen verstummten. Sie hatte ihn also nicht wirklich im Bett mit einer anderen ertappt, wie sie es sich schon hundertmal ausphantasiert hatte – das Bettzeug hätte sie gerne aus dem Fenster geworfen und ihn angespuckt, oder etwas ähnlich Dramatisches ... Sie ging wieder, und alles war klar.

Peter hat den Schwangerschaftstest mit ihr gemacht. Und sie waren sich bald darüber einig, daß sie das Kind nicht wollen.

DANIELAS TEST

Danielas Freundin hat den Test besorgt, da es Daniela nicht fertigbrachte in die Apotheke zu gehen. Am ganzen Leib hat sie gezittert, als sie den Teststab in den Urinstrahl hielt. Ihre Finger wurden naß. Dann zog sie sich in ihr Schlafzimmer zurück, während ihre Freundin in der Küche das Ergebnis abwartete.

Ein Musiker, verheiratet, mit zwei Kindern. Ein Musiker aus Jamaika.

„You should have a baby with a black guy, milk and chocolate …"

„It will be beautiful."

„Did any man make you sweat like this?"

Seit einem Jahr hat sie bereits ein Verhältnis mit ihm, sie schafft es nicht, sich von ihm zu lösen. Und er schafft es nicht, sich von seiner Frau zu trennen. Wegen der Kinder, hauptsächlich, sagt er, denn im Bett läuft schon seit längerem nichts.

Sie ist es, Daniela, die er liebt.

Der Test war positiv, auch der zweite, den sie gemacht hat, weil sie es nicht wahrhaben wollte.

„You should get this baby!"

„And then?"

„You'll have something of me, forever …"

Danielas Freundin hat ihr einen Joint gedreht und ihr den Rücken massiert. Du hast Zeit, hat sie gesagt, du kannst es dir noch überlegen, es ist ganz alleine deine Entscheidung. Sie war es auch, die ihr die Adresse von Maria gegeben hat, die Reisen ins Innere des Körpers durchführt. Ihre Freundin war selbst schon bei ihr, als sie einmal unerwünscht schwanger geworden war, und ist durch ihre Hilfe während der Sitzung auf ihr damalig inkarniertes Kind gestoßen, die beiden haben kommuniziert, sich unterhalten, und sich darauf geeinigt, daß das Kind wieder zurückgehen und später noch einmal kommen würde, wenn die Zeit stimmen würde. Für ihre Freundin war das eine große Erleichterung. Das Kind habe zwar darauf bestanden, daß sie den Weg der Operation gehen müsse, und sie hat sich damit einverstanden erklärt, es auf sich genommen.

Bei Daniela hat es nicht geklappt.

PETERS ARGUMENTE

Heutzutage ein Kind in die Welt zu setzen, grenzt an Wahnsinn. Abgesehen davon, daß die Bedingungen in dieser Welt keine sind, die ich einem Kind zumuten möchte, ist auch dein Leben vorbei, Christine, sagte er. Geh doch zu deiner Freundin Margit, sagte er, und schau dir das an, borg dir ihr Kind aus.

Man verblödet. Ist zu keiner Konversation mehr imstande. So ein Kind verlangt deine ganze Aufmerksamkeit, ist wie ein Vampir, saugt dich aus. Und dein Körper wird unattraktiv, deine Hüften, deine Brüste ... Immer mehr Familien schlittern ins Existenzminimum, hier, in unserem sogenannten Wohlfahrtstaat, die Beihilfen werden laufend gekürzt, lies doch die Zeitung!, und das ist nur der Anfang, es wird weitergehen. Und was wird aus deinem Studium? Du stehst kurz vor dem Diplom! Was wird aus deinem Traumberuf, Landschaftsarchitektin? Willst du dich damit begnügen, japanische Zierkirschen und Hortensien in deinem Schrebergarten anzupflanzen? Du hast die letzten zwei Jahre nebenbei als Kellnerin gearbeitet, um dir dein Geld fürs Studium selber zu verdienen und deinen Eltern nicht mehr auf der Tasche zu liegen. Willst du das alles jetzt wegschmeissen und dich in eine neue Abhängigkeit begeben? Wenn du wirklich ein Kind willst, dann kannst du auch noch später eines bekommen, du bist jung! Sei nicht dumm!

Wie die Menschen hierzulande kopulieren und sich fortpflanzen wie Karnikel, angesichts der weltweiten Überbevölkerung und der Hungersnot, der Kriege, ist mir unverständlich, die haben doch nichts im Hirn. Jede Minute stirbt ein Kind an Unterernährung, und sie haben nichts Besseres zu tun als zu werfen und werfen ..., weil sie egoistisch sind und die Weltlage ausklammern aus ihren kleinen, selbstbezogenen Trieben, verantwortungslos sind sie und dumm. Meinen, sie könnten und müßten ein Stück von sich selber zurücklassen in dieser

Welt, damit sie selber weiterleben. Um diese Kinder dann zu manipulieren, ihnen das aufzudrängen, wozu es bei ihnen selber nicht gereicht hat. Eine Ausrede und eine Flucht ist es, das Kinderkriegen, um von sich selbst und der inneren Leere, dem Loch abzulenken. Lückenbüßer sind sie, diese Kinder. Wir sind uns doch beide genug, nicht?, wir brauchen doch keine Katastrophe, um zusammenzubleiben. Schau dir das an, Christine, sagte er, bei deiner Freundin Margit. Joseph geht inzwischen fremd.

Natascha brauchte keinen Test. Sie ist zum fünften Mal hier, sie weiß, wie sich eine Schwangerschaft anfühlt.

Carolyns Mutter fragte Carolyn, ob, wieder?, etwas los sei. Sie hatte es auch beim ersten Mal gewußt, noch bevor es Carolyn wußte. Ihren Freund mag sie nicht besonders. Es ist einer dieser Szene-Typen, auf den Carolyn abfährt, ein Disc-Jockey, der sich die Mädchen aussuchen kann, und an Carolyn, scheint's, Gefallen gefunden hat. Und sie nach drei Monaten gleich wieder geschwängert hat, im Auto oder am Klo, höchstwahrscheinlich ...

Gudrun.

Eine Türkin.

Eine zweifache Mutter.

Tests.

STIMMEN

STIMME I

Ich mag Männer eigentlich überhaupt nicht, oft frage ich mich, warum ich mich noch immer mit ihnen abgebe.

Er sagt mir, daß ihn andere Frauen, vor allem junge Mädchen in den Lokalen erregen. Möchtest du sie dann ficken, frage ich ihn. Ja, sagt er, umlegen möchte er sie, das hat mit Macht zu tun. Die Nazis haben auch Kinder und Frauen umgelegt, die Schwächsten, sagt er und dann sagt er, auch deshalb möchte er sie ficken, weil er daran denkt, was schöne Frauen weniger schönen schon angetan haben.

Er erzählt mir kurz nach dem Aufwachen, neben mir, daß er von anderen, nackten Frauen geträumt hat und aufgewacht ist, weil er einen Ständer hat.

Er sagt, daß ich die physikalischen Gesetze nicht wahrhaben möchte, sie mißachte. Die Hormone, sagt er, vergleichbar mit meinen, in meiner kurzen Schwangerschaft, gegen die du nichts anrichten kannst.

STIMME II

Erinnerung

Würdest du auch fremdgehen, hat sie ihn gefragt, wenn ich keine Lust auf Sex mehr hätte?

Ja, hat er geantwortet.

STIMME III

Er hatte sehr schöne Begegnungen mit Frauen, erzählte er über einen Schriftsteller, die hat er niedergeschrieben und in seinem Schlafsack aufbewahrt. So war das im Krieg, da mußte man nicht lange erklären, daß man eine Frau und zwei Kinder zu Hause hat.

Die Mutter von zwei Kindern ist sich sicher, daß sie kein drittes mehr will. Es ist so schon kaum zu schaffen. Ihr Mann ist damit einverstanden. Sie hat sich freigenommen von der Arbeit, sie lebt in Linz, und wird erst am Montag wieder arbeiten gehen müssen. Sie unterschreibt das Formular, auf dem sie darauf hingewiesen wird, daß sie nach dem Eingriff nicht Autofahren darf. Und daß sie über die möglichen Komplikationen während und nach des Eingriffes aufgeklärt worden ist.

Die Mutter von Carolyn wird von der Sozialarbeiterin darauf hingewiesen, daß Schwangerschaftsunterbrechungen kein geeignetes Verhütungsmittel darstellen. Und daß sich ihre Tochter noch in der Entwicklung befindet, das bedeutet, daß jeder Eingriff einen Eingriff, eine Störung dieser Entwicklung mit sich bringt, auch hinsichtlich künftiger Schwangerschaften. – „Sie möchte doch irgendwann einmal ein gesundes Baby bekommen, nicht?“ – Ihr Mann ist Katholik, nicht einer, der bloß brav seine Kirchensteuer zahlt, sondern ein gläubiger. Für ihn wäre es Mord.

Die naturwidrige Lebensweise des Menschen hat den Geschlechtstrieb zum Laster der Wollust erzogen, hat ihr der Religionsprofessor einmal auf die Tafel geschrieben, und die Schüler und Schülerinnen gebeten, die verbleibenden 45 Minuten darüber nachzudenken.

Christine hat ein Seminar über Bioenergetik mitgemacht. Und dabei die Grenzen überschreiten gelernt. Durch ausgedehnten Kontakt zwischen den Körpern, Häuten, insbesondere den feuchten Stellen. Diaphragmen und Kondome behindern den Energieaustausch an den genitalen Verbindungsstellen. Es sind blockierende Kontrazeptiva aus Gummi, die isolieren, und deshalb lehnt sie sie auch ab. Dann ist sie auf andere Blockaden gestoßen, weit weniger schnell zu beseitigen. Verführung ist nicht das gleiche wie Entfaltung, Verführung ist ein Manöver, Entfaltung ein Geben, hat ihr Lehrer gesagt.

Unerträglich ist dieses Warten, denkt Carolyn, wenn es doch bloß schon vorbei wäre. Übermorgen hat sie Mathematik-Schularbeit. Hoffentlich ist es bald vorbei. Es fällt bereits auf, daß sie so viele Fehlstunden gehabt hat in letzter Zeit. Für die Befreiung vom Turnunterricht wird sie sich ein Attest vom Hausarzt holen müssen, unter irgendwelchen Vorwänden, ihre Mutter wird das schon tricksen. Auch ein Vorteil, sie kann diese Stunden dazu nützen, Versäumtes nachzuholen.

Stevie war geradezu beleidigt, als sie ihm gesagt hat, daß sie schon wieder schwanger ist. Eigentlich wollte sie es ihm verschweigen, aber das geht nicht, vier Wochen nach dem Eingriff sollte man keinen ungeschützten Geschlechtsverkehr haben, wegen der Entzündungsgefahr. Stevie mag keine Kondome. Mit Kondom spürt er weniger bis gar nichts. Er ist clean, hat er gesagt, er hat einen Aids-Test gemacht, kurz bevor er Carolyn kennengelernt hat. Vertrauen ist wichtig in Zeiten wie diesen, er verlangt von ihr nicht mehr als von sich selbst. Er hat es schon das letzte Mal kaum ausgehalten, vier Wochen zu warten, bis er wieder richtig mit ihr schlafen konnte. Er ist ja so umwerfend, so cool. Alle Mädchen sind scharf auf ihn, werfen sich ihm an den Hals, aber das nützt ihnen nichts, er hat bloß Augen für sie. Auch die Mädchen in der Klasse sind eifersüchtig. Versuchen sich an ihr zu messen, doch das gelingt ihnen nicht. Lassen schon mal abfällige Bemerkungen über sie fallen und erfinden Geschichten, daß Stevie, wenn sie nicht da ist, auch mit anderen Mädchen flirtet. Neidisch sind sie, das ist alles.

Wenn es bloß schon vorbei wäre! Carolyn packt ihre Mathematik-Unterlagen aus, während ihre Mutter aus dem Fenster starrt.

Die Führung zu übernehmen, hat Christine gelernt, und Selbstbehauptung. Nicht zu verwechseln mit Aggressivität. Aggression heißt, sich in den Raum, das Revier eines anderen hineinzudrängen, seine Person, seine Entscheidungs- und Ausdrucksfreiheit zu beeinträchtigen.

Sich selbst zu behaupten, hingegen, will bloß deutlich machen, was man vom anderen und der Situation erwartet.

HORMONE

Ein Kind der Liebe, gezeugt aus unserem Feuer. Etwas von mir, und etwas von dir, ein Gemeinsames. Es brennt in meinem Unterleib. Du würdest eifersüchtig sein, hast du gesagt, ich würde mich dann nur mehr dem Kind widmen. Ich würde nur noch das Kind lieben.

„Nein, auch dich, und du würdest das Kind doch auch lieben?"

„Ich fürchte, ich würde es nur für das lieben, was es von dir hat, für dich würde ich es lieben."

Es brennt. Der Ofen, die Küche, gezeugt in der Küche, neben dem Ofen. Die lodernden Flammen unserer Liebe. Mein rotes Kind. Mit heißen kleinen Ohren, rosarot, und Flaumhaar, engelsgleich.

Engel schwebten über dem Bett meiner Großmutter. Hellrosa nackte Kinderkörper mit Flügeln, im Wolkenhimmel überm Wolkenbett. Was macht Kinder zu Engeln, habe ich meine Großmutter gefragt, und ihr die Antwort vorweggenommen, ich wußte sie ja, Flügel, nicht wahr, so wie die Ratten mit Flügeln zu Fledermäusen werden, in der Höhle, im Dunkeln, in der Nacht. Ich war stolz auf meine Erkenntnis. Ich träume oft von meiner Großmutter und ihrem Schlafzimmer. Hirten waren auch auf dem Bild zu sehen und Schafe und Schäfchenwolken. In ihrer Küche war es immer warm, und sie saß immer neben dem Ofen. Zärtlichkeit und Wärme, die ich meinem roten Baby geben würde und es an mich drücken würde, seinen warmen Leib, und die Bluse öffnen und ihm zu trinken geben. Es wäre mir nicht lästig aufstehen zu müssen, mitten in der Nacht, und es zu säugen.

Rote Augen hat es, mein Baby. Meine Augen schmerzen und brennen. „Nicht die Hand auf den Ofen legen!" – „Rot reimt sich auf tot."

POSTWURFSENDUNGEN

Sie sieht nur noch Babies auf der Straße.

Im Supermarkt, im Kinderwagen, im Einkaufskorb. Im Fernsehen Werbung für Babywindeln und Werbung für Babynahrung, Katzen und Hunde dazwischen, dann wieder die Kinderkrankenschwester. Werbung für Bausparverträge und Versicherungen. Kinderspielzeug, Teddybären und Game-Boys.

„Wanna play with me, girl?"

Bei dieser Übung hat der Partner die Aufgabe, die Ausgangsposition zu sichern. In der Seitenlage werden die Beine in leichte Schrittstellung gebracht, das Kniegelenk des vorgestellten Beines ist ein wenig gebeugt.

„Dies ist meine Art, die Babies zu begrüßen", sagt die Kinderkrankenschwester und meint die weiße Wäsche.

Aus dieser Stellung erfolgt das Aufrichten über die Seitenneige. Achtung: Ein Fehler wäre das Rückdrehen des Beckens, wobei es zum Aufrichten über die Hüftbeuge kommt und somit nicht zur Beanspruchung der gewünschten Muskelgruppe! Die Hand des oberen Armes kann jedoch vor dem Brustkorb aufgestützt werden und beim Abheben des Beckens das Gleichgewicht sichern.

Lachende Babies sieht sie, und weinende. Doch denen kann geholfen werden, es liegt nur an der falschen Windel. Kinderschokolade und Kindermilch, geschwollene Brüste und stillende Mütter im Kaffeehaus.

In der Postwurfsendung wird ein Kurs für Schwangerschaftsgymnastik angeboten.

CAROLYNS MUTTER

Seit Monaten hat sie Alpträume. Wacht schweißgebadet auf. Ihrem Mann sagt sie, daß die Arbeit in der Firma ihr über den Kopf wächst.

Unromantisch sind sie, die Beziehungen, die ihre Kinder eingehen. Mit vierzehn sind sie bereits erwachsen. Schnell, viel zu schnell, findet sie, grad eben haben sie noch mit Puppen gespielt und einen Tag später ziehen sie knappe T-Shirts an und schminken sich und hören unmögliche Musik. Und ungepflegt sehen sie aus, ihre Kinder. Carolyn wäscht sich selten das Haar, sie frisiert es nicht, das muß so sein, hat sie erklärt, dafür sind ihre Röcke sehr kurz und das T-Shirt sehr eng.

Das Erwachen ihrer eigenen Sexualität war für sie wie ein Schock. Nichts wußte sie darüber. Als sie ihre erste Menstruation bekam, dachte sie schwer krank zu sein. Dunkles Blut, das aus ihr herausfloß, zuerst war sie sich nicht sicher, ob es aus dem After quoll oder aus der Scheide, sehr schmerzhafte Krämpfe hatte sie im Bauch, meinte sie, im Verdauungstrakt, und dachte, daß sie sich vergiftet hätte. Erst nach ein paar Tagen klärte ihre Mutter sie auf. Das heißt, Aufklärung ist zuviel gesagt, sie machte sie darauf aufmerksam, daß das nun alle Monate passieren würde, die nächsten Jahre, weil sie eine Frau sei und ab sofort Kinder kriegen könne. Das Erwachen der Sexualität war für sie sehr stark mit Angst verbunden. Erschrocken reagierte sie über die Gefühle in ihrem Bauch, die Krämpfe im Unterleib, ein Ziehen und Pochen, wenn sie sich mit jungen Männern unterhielt. Zuvor war sie zwar auch schon in Männer verliebt gewesen, in einen Jungen aus ihrer Klasse und in einen gutaussehenden Onkel, diese Gefühle waren aber nie mit Furcht verbunden gewesen. Erst jetzt spürte sie Unbehagen und Unsicherheit, etwas sehr Gefährliches kam auf sie zu, und diese Gefahr war verbunden mit einem großen Reiz, einem Zwang, der sie nicht losließ, sie geradezu in die Nähe von gutriechenden Männern trieb, ihren Schweiß, ihre Ausdünstungen aufzusaugen, sie zu beobachten, wie sie sprachen, wie sie Dinge anfaßten, wie sie sich bewegten.

Ihren Mann hat sie beim Kirchtagstanz kennengelernt. Das ganze Dorf war da. Und sie durfte zum ersten Mal mit ihren Eltern mitgehen am Abend. Wochen hatte sie damit zugebracht, sich für ein Kleid zu entscheiden. Der Stoff wurde in der benachbarten Stadt eingekauft, und von einer Schneiderin nach ihren eigenen Angaben genäht. Dreimal mußten sie zur Anprobe fahren. Gemeinsam mit ihrer Mutter fuhr sie mit dem Bus zu dieser Frau, der sie nicht ganz traute, durch die vielen Nachfragen ihrerseits, ob sie das auch richtig verstehe und ob sie denn wirklich auf Puffärmel bestehe, und so einen weiten, gebauschten Rock, das würde viel Stoff verbrauchen, viel von diesem schimmernden blau-weißen Taft, der sehr teuer gewesen war. Und sie hatte recht behalten, mit jeder neuerlichen Anprobe festigten sich ihre Zweifel am schneiderischen Können dieser Frau. Letztendlich wurde der Rock schmäler und weniger gebauscht, als sie es sich vorgestellt hatte, obwohl Stoff übriggeblieben war, und es sah ziemlich ähnlich aus wie die Kleider, die die anderen Mädchen trugen. Der Stoff hingegen war und blieb etwas besonderes.

Der Kirchtagstanz fand im August, in einer mit Girlanden und Lichterketten geschmückten Laube mit eigens errichtetem Tanzboden statt, rundherum Tische aufgestellt mit weißen Tischdecken und Holzbänken. Eine Musikkapelle. Ein am Eingang postierter Schießstand mit Plastikrosen und -nelken, Schlüsselanhänger und Teddybären. Der Geruch von Sommer, Holz, Plastikrosen – und Männern! Ob wohl ein junger Mann für sie eine schießen würde? Das galt als Erfolg:

nach Hause zu gehen, und Nelken und Rosen und Schlüsselanhänger und was es sonst noch gab, am nächsten Tag seinen Freundinnen zeigen zu können. Das waren Schätze. Ihr Mann war einer von den Stillen, Zurückhaltenden. Und das machte ihn für sie interessant. Die lärmenden, *Wir-sind-die-Schleifer*-grölenden Burschen in ihrem Dorf mochte sie nicht. Er war eher schüchtern, im Vergleich zu den anderen. Unter der Bank hatten sie, durch das Tischtuch bedeckt, am Ende des Abends ihre Hände gehalten, und wie durch eine Elektrogirlande strömte seine Berührung, sein Blut in ihren Unterleib, machte sie schwitzend und nervös und ängstlich zugleich.

Um Mitternacht mußte sie heim, er hatte keine Möglichkeit gehabt, ihr eine Rose zu schießen, weil ihre Eltern sie bewachten. Am Montag darauf, bevor sie zur Arbeit fuhr, an der Bushaltestelle, brachte er sie ihr.

Ihrem Mann sagt sie, daß die Arbeit in der Firma ihr über den Kopf wächst.

Die Begleitpersonen werden ersucht, das Zimmer zu verlassen. Um fünf Uhr können die Patientinnen abgeholt werden.

Carolyn packt ihre Matheunterlagen wieder ein, übergibt sie der Mutter.

Christine ist schlecht. Nüchtern zu sein bedeutet, daß sie seit Mitternacht nichts mehr zu sich nehmen durfte, auch keine Flüssigkeit. Ab zehn hat sie immer wieder auf die Uhr gesehen, und bis kurz vor zwölf noch eine halbe Flasche Rotwein getrunken, um schlafen zu können. Hoffentlich beeinflußt das nicht die Narkose. Ihr Blutdruck ist niedrig, und ihre Hände sind eiskalt.

Natascha hat Schmerzen.

Daniela ist müde, sie schließt die Augen.

Gudrun.

Eine junge Türkin mit Kopftuch, deren Schwester ihr alle weiteren Schritte und Vorgangsweisen übersetzt hat.

Eine Mutter zweier Töchter aus Linz, die am Montag erst wieder zur Arbeit muß.

Stimme IV
Die biologische Uhr tickt ab dreißig. Und der gesellschaftliche Druck tut das übrige. Oft begehen Frauen dann den Fehler, unbedingt ein Kind kriegen zu müssen, mit wem auch immer. Entweder sie planen es, mit einem ausgesuchten Vater, werfen frühere Prioritäten weg, solche wie Leidenschaft zum Beispiel, und orientieren sich eher an Eigenschaften wie Zuverlässigkeit oder Tragbarkeit. Arrangieren sich. Oder es passiert ihnen, zufällig, mit dem gerade vorhandenen Liebhaber, der sich vielleicht distanziert, und sie bekommen das Kind alleine, ohne ihn und seine Hilfe. Nicht selten sind solche Alleingänge im nachhinein, vorher wurde noch behauptet „Ich brauche dich nicht dazu!“, flankiert von Rachefeldzügen, dem Vater des Kindes gegenüber, von Verboten und Demütigungen, Erpressungen und Terror, auf Kosten des Kindes.

Stimme V
Frauen, die bereits Kinder haben, haben eine eigene Aura, etwas Zusätzliches, anderen Frauen voraus.

Stimme VI
Männer sind langsam. Und Männer sind feige, drücken sich vor Verantwortung. Das einzige, woran sie bei einer Frau interessiert sind, ist, sie zu ficken. Mit dem Rest wollen sie nichts zu tun haben. Wenn es nach den Männern ginge, hätten wir kein Problem mit Überbevölkerung.

Stimme VII
Er ist hereingelegt worden, hat er behauptet.

Er hat nicht einmal angerufen, letzte Nacht, hat Daniela die ganze Nacht alleine gelassen. Er konnte nicht weg, hatte ein Konzert, das hat er ihr schon vorher gesagt. Aber anrufen hätte er doch können!

Er ist nicht einverstanden mit Danielas Entscheidung, die ganz alleine ihre Entscheidung ist. Laß dich bloß nicht von ihm beeinflussen, hat ihre Freundin gesagt, du stehst allein da mit dem Kind, oder denkst du, er wird deshalb seine Frau verlassen? Er hat er bis jetzt nicht getan, und wird es aufgrund eines Kindes auch nicht tun, er hat ja noch zwei andere, oder mehr. Der Typ spinnt doch, wie alle Rastas in dieser Stadt, die herumvögeln und wie wild Kinder in alle Himmelsrichtungen verstreuen.

„Black and white, chocolate and milk ..."

Die Vereinigung der größtmöglichen Gegensätze, hatte er ihr erklärt, das ist es, was Liebende suchen. *Die Liebenden*, diese Tarotkarte tauchte im Zusammenhang mit ihm immer wieder auf. Ein schwarzer König, eine weiße Königin. *Der Gehängte*, das Opfer hat sie die letzten Wochen jedoch auch begleitet. Leiden, Niederlage, schicksalhafter oder erwünschter Verlust. Und da war auch *Der Tod*, die Schlange, die sich in den Schwanz beißt, der Tod als Apex einer Kurve der Schlange Leben, Transformation und Wandel.

Du solltest das Kind nur kriegen, wenn du dir sicher bist, daß du es auch alleine aufziehen willst, hat ihre Freundin gesagt. Unabhängig von ihm. Du schaffst das, wenn du willst, du bist stark genug. Aber wenn du es nicht willst, dann laß es los, so wie du ihn loslassen solltest.

Daniela ist müde, unendlich müde. Sie weiß nicht, ob die Entscheidung, die sie getroffen hat, die richtige ist.

NATASCHAS ENTSCHEIDUNG

Natascha hatte sich entschieden, das Kind diesmal zu bekommen.

Auch ohne Mann. Er war nun der fünfte, von dem sie schwanger geworden war, und der mit Abwehr und Angst reagiert hatte. Sie kannte ihn noch nicht lange, etwa drei Monate. Die Befruchtung hatte sie in dem Moment, in dem sie passierte, sehr deutlich wahrgenommen. Es war wie der Sprung von einem Trampolin, der sie weit hinauf schleuderte und hoch in der Luft hielt, und wie in Zeitlupe passierte das Wiederhinuntergleiten. Trotzdem ist sie erschrocken, als sie die nächsten Tage realisierte, wie sich ihr Körper veränderte. Es läuft nicht so gut, zwischen den beiden, schon nach den ersten Wochen ließen seine Euphorie und Anbetung für Natascha nach. Sie spürte es. Und er sagte es ihr auch. Trotzdem trafen sie sich weiterhin. Und im Bett verstanden sie sich gut, nach wie vor. Ein Schlüssel, der perfekt ins Schloß paßt, hatte er lachend und begeistert am ersten Abend gesagt.

Als sie ihm erzählte, daß sie schwanger sei, am Telefon, hat er gesagt, wir schaffen das schon, und ist sofort zu ihr gefahren. Natascha hatte ihn falsch verstanden, als er ankam, war nur die Rede von Abtreibung. Und daß sie bloß Angst hätte vor der Operation, sie wolle das Kind doch gar nicht. Und daß er nicht geeignet wäre als Vater, er hätte nicht einmal Pflanzen in seiner Wohnung. Ob sie denn allen Ernstes so etwas wie ihn gebären, aufziehen und lieben wolle? Ja, hat sie gesagt. Er ist gegangen.

Sie hatte sich entschieden, es auch alleine zu bekommen. Und dann kamen die Blutungen – „Anzeichen für eine mögliche Fehlgeburt ... Sie können auch abwarten ... das zahlt dann die Krankenkassa ... Und wenn Sie es doch bekommen wollen und es nicht abgeht, wenn Sie es doch nicht verlieren, dann ist Bettruhe angesagt, die nächsten Monate, Sie müßten vor allem liegen und sich schonen, und Sie müssen mit Behinderungen rechnen, das ist zwar nicht definitiv, aber Sie müssen damit rechnen, verstehen Sie mich?"

Sie hat sich entschieden, es doch nicht zu bekommen.

ERBEN

Christine war nicht geplant.
Carolyn war nicht geplant.
Peter war nicht geplant.

Christines Mutter war noch sehr jung, als sie Christine bekam. Christines Vater war Christines Mutter erster Mann. Selbstverständlich haben sie geheiratet, das gehörte sich damals so.

Christine bekam all die Streitigkeiten mit, all die Vorwürfe, sie fühlte sich oft schuldig, sobald sie es so verstand, auf die Welt gekommen zu sein und zwei Menschen in diese Situation gezwungen zu haben. Das Talent ihrer Mutter mußte zurück gestellt werden, sie mußte ihre Begabung hintanstellen. Der Vater war überfordert. Dann kam ein weiteres Kind, ein Sohn wenigstens, mit dem er später Fußball spielen konnte. Was wäre gewesen, wenn ihre Mutter damals abgetrieben hätte? Ihre Eltern wären wohl kaum mehr zusammen.

Peter sagt, daß es ihm egal gewesen wäre, wenn seine Mutter ihn abgetrieben hätte. Er wüßte nichts davon. Daß sie ihn dennoch gekriegt hat, ist nicht seine Entscheidung, sein Fehler gewesen. Er hat es satt, dauernd diese stillen Vorwürfe hören zu müssen, für ihr verpfuschtes Leben.

Carolyn war der Plan Gottes. (Der sich jetzt im Grab umdreht.)

MITGEFÜHL

Die Unfähigkeit zu vergeben, also der Mangel an Mitgefühl, ist nichts anderes als Mangel an Wissen. Mitgefühl hat nichts zu tun mit Sympathie oder Mitleid. Im Wesen einer anderen Person zu existieren, während man gleichzeitig in seinem eigenen Wesen existiert, das könnte Mitgefühl bedeuten. Um Mitgefühl für einen Mann zu haben, wäre es wichtig, sich klarzumachen, daß Männer – der ganze Club – sich nicht ändern, und daß auch der einzelne Mann sich nicht ändert. Auf Veränderung zu warten ist töricht und vertane Zeit.

Frauen bekommen ihren Willen, und eine Methode dafür ist, den Mann glauben zu lassen, daß er seinen Willen bekommt. Frauen rufen, Männer antworten. Das sexuelle Handeln zwischen Mann und Frau ergibt sich aus dem Appetit der Frau. Was einen Mann sexuell erregt, ist die Lust der Frau, und – abgesehen von Perversionen – nichts sonst. Es gibt allerdings auch Frauen, die nicht rufen und zugleich behaupten, sie riefen. Das ist ihr Trick. So legen sie die Männer herein, das haben sie gelernt.

Um einer Frau Mitgefühl entgegenbringen zu können, als Mann, müßte man imstande sein, im Wesen einer anderen Person zu existieren, während man gleichzeitig in seinem eigenen Wesen existiert.

Es müßte schon ein besonderer Mann sein, der einer Frau vergibt, die ihn als weniger intelligent bloßgestellt hat. (Das Ego: halte dich daran, wenn du verletzen willst, stell es auf den Kopf, seinen Beruf, seinen Körper, seine Überzeugungen! Sei gemein!)

Auch Frauen kann man nicht ändern. Und je gemeiner und verletzender eine Frau zu ihrem Mann ist, desto mehr liebt sie ihn, ist es nicht so?

Es ist merkwürdig: Frauen halten Männern vor, daß sie so dumm, und Männer Frauen, daß sie so klug sind. Obwohl

Männer meinen, klüger zu sein, und die Frauen sich oft dumm vorkommen, deshalb. Bevor das Penicillin erfunden worden war, hatte niemand es vermißt. Es wurde benötigt, aber es fehlte völlig. Genauso verhält es sich mit dem Mitgefühl.

Es war schwer, es sich einzugestehen, aber er fehlte ihr nicht. Vorbei das Warten auf Anrufe, vorbei das Zittern und Mutmaßungen. Erstaunt war sie, daß sie im Spiegel wieder schön aussah. War es das Bild einer Liebe, oder er? Der Wunsch, Projektion, Einbildung – Glaube, Liebe, Hoffnung? Erleichtert fühlte sie sich, und traurig zwischendurch, weil sie alleine war, aber das war sie auch mit ihm, schwer, sich das einzugestehen.

Immer dieses Warten und Erwartungen, die nicht erfüllt wurden. Und sie, wenn es ganz dringend wurde, fordernd, kaum auszuhalten, als hysterische Zicke hingestellt, die sich bloß alles einbildete, deren Phantasie mit ihr durchging. Verlangen und Begehren, einseitig? Was war so schlimm daran, jede freie Minute mit ihm verbringen zu wollen? Was anderes zählt, ist es wert? Dumm war sie und jung und naiv. Der Blitz der Liebe schlägt oft zuerst heftig ein und schwindet dann. Verliebtsein hat mit Hunger zu tun, niemals gesättigt werden, sich immer zu sehnen, niemals genug bekommen …

Eingeengt hat er sich gefühlt, mehr und mehr. Sie wurde ihm zuviel. Er hatte sie satt. Und stillte seinen Hunger, wonach?, anderswo.

Indem die Partner sich auf die Empfindungen des reinen Berührens konzentrieren, ohne zu interpretieren oder sich einem Druck auszusetzen, ein bestimmtes Ziel erreichen zu müssen, können sie das Alltagsbewußtsein ausschalten. Dumm und naiv. Allein ihn zu sehen, zu berühren, war ihr genug.

Ob sie auch sein Kind abgetrieben hätte? Christine weiß es nicht, eher nicht.

Christine ist schlecht. Sie hat kein schlechtes Gewissen.

Carolyn rechnet sich aus, wieviel die hier verdienen. 7 x 5000 sind 35.000. 4 Gruppen pro Tag bringen sie sicher unter, macht 4 x 35, sind 140.000 Schilling, nicht schlecht.

Natascha starrt auf den Siebdruck zwischen den Fenstern, eine Landschaft.

Daniela sieht aus dem Fenster auf die vom Regen leicht glänzenden Dachschindeln des benachbarten Hauses. Sie haßt weiße Räume.

Die Mutter aus Linz.

Die Türkin.

Gudrun.

Die Sozialarbeiterin fordert die Frauen auf, ihr in den unteren Stock zu folgen. Die Zeitschriften FÜR SIE und BRIGITTE und das JOURNAL FÜR DIE FRAU bleiben unangetastet auf den Tischen liegen.

BESEELUNGEN

I

Die Beseelung des Ungeborenen setzt bei einem männlichen Foetus mit dem vierzigsten Tag, beim weiblichen Foetus mit dem achtzigsten Tag, von der Empfängnis an gerechnet, ein.

(MITTELALTER)

II

Ein britisches Medizinerteam konnte nachweisen, daß behandelte Embryos, ihnen wurde während eines Zeitraums von zirka zehn Minuten Blut transferiert, eine exzessive Menge der Streßhormone Cortisol und Beta-Endorphin ausstoßen. (So würden Sie reagieren, wenn Sie sich beispielsweise einen Zahn ziehen ließen!) Diese Embryos befanden sich in der 23. Woche nach der Empfängnis. Ein Mitglied des Teams nahm daraufhin Stellung gegenüber der Presse: „Abtreibungen wurden bisher in der Annahme vorgenommen, daß der Fötus schmerzunempfindlich ist. Unsere Erkenntnisse legen nahe: Wir sollten lieber sichergehen und vor der Abtreibung den Fötus narkotisieren."

(12. JULI 1994)

III

All jene, die in der Kriegszone arbeiten, müssen davon ausgehen, daß sie vom Krieg betroffen sind.

Die Hexe haben sie sie genannt, die Kinder in ihrer Ortschaft. Damals gab es noch Hebammen am Land. Verständlich war es ihr nicht, warum alle auf diese Frau schimpften und dann doch zu ihr gingen. Viel gemunkelt wurde, daß sie es auf die Männer abgesehen habe und daß sie oft in den Wald gehe, um ihre Liebhaber zu treffen, alles verheiratete Männer. Dabei war sie nicht einmal besonders attraktiv. Strohweißes Haar hatte sie und weiße Wimpern, und eine sehr helle, leicht rötlich gefärbte Haut.

Mutproben hatten sie veranstaltet, die Kinder aus ihrer Ortschaft, und auch sie hatte es gewagt und sich an das Fenster ihres Hauses herangeschlichen, und hat ihr, sobald sie ins Zimmer trat, „Böse alte Hexe“ zugerufen und ist schnell wieder davongerannt.

Im nachhinein hat ihr das oft Leid getan, noch heute muß sie daran denken. Als wären sie im Mittelalter gewesen, und dabei ist das knappe achtundzwanzig Jahre her. Irgendwann ist sie dann verschwunden, war einfach nicht mehr da, und das gab wieder Grund zu munkeln. Es ist besser so, haben sich die Kinder gedacht, die aufgeschnappt hatten, daß sie Kinder umbringt, sie tötet, zu Engeln macht.

Wie macht man Kinder zu Engel? Indem man ihnen Flügel gibt, wie den Ratten, die dann zu Fledermäusen werden in der Nacht.

ANDERE MÄRCHEN

Wenn man sich vorstellt, daß man mit zwei oder drei Jahren bereits den Partner für später, für das Alter von zwanzig oder dreißig auswählt, dann können das nur Märchengestalten sein. Prinzen, die auf weißen Pferden dahergaloppieren und uns aus dem gläsernen Sarg befreien. Neben diesen Geschichten, die dir die Großmutter vorliest, hat sie vielleicht noch eigene auf Lager. Zum Beispiel die vom geliebten, früh verstorbenen Großvater. Hat man das durchschaut, irgendwann, und ist draufgekommen, daß sich das so verhält, passiert es trotzdem, daß man sich Märchen für Erwachsene ansieht, später, und tatsächlich, im Leben auf den Hauptdarsteller des zuletzt gesehenen Filmes stößt, wie durch Zufall, und mit ihm ein kleineres oder größeres Drama durchlebt. Am Anfang wird alles noch eitel Wonne sein, falls das im Film so war, und man wird überglücklich sein, daß man diese Person gefunden hat, im Mittelteil wird man dazu übergehen, daß diese andere Person sich glücklich schätzen kann, auf einen selbst, auf mich gestoßen zu sein, mich zu haben – und dann beginnt das Drama.

Er spielt cool. Er spielt überlegen. Er ist schneller, besser, klüger. Sie tut so, als ob sie ihm das abnehmen würde. Sie verehrt ihn. Sie sagt ihm, daß sie schon immer auf ihn gewartet hat.

Männer suchen nette, jungfräuliche Prinzessinnen, und Frauen zärtliche, verständnisvolle Prinzen, die sie auf Händen tragen, nur sie begehren und keinen Blick für andere haben. Manchmal geben sie sich auch schwach, falls sie dem Schneewittchenmärchen ergeben sind, krank oder drogenabhängig, dann kann er sie schön retten, wenn er auf dem gleichen Trip hängengeblieben ist. Manchmal ist es auch umgekehrt, und sie erlöst den Froschkönig.

Märchen- und Romanfiguren und Filmhelden und -heldinnen: man blicke sich nur um in seinem Bekanntenkreis, alles Bekannte!

ANGELEGENHEITEN

Es ist Angelegenheit der Frau für Verhütung zu sorgen. Wenn sie das nicht tut, muß sie mit Folgen rechnen. Die sie dann austragen muß, so oder so.

Doch es ist schwer, die Mittel, die auf dem Markt sind, zu vertragen. Du kannst die Pille nehmen, die dir, abgesehen von Gefahren, die unzureichend und abstrakt im Graubereich bleiben, so ein Beipackzettel ist dennoch ziemlich interessant!, vorgaukeln, du wärst schwanger. Das bedeutet, daß dein gesamter Körper und dein Verhalten so tun, als ob du schwanger wärst. Einigen Berichten zufolge haben Frauen dadurch einen anderen Geruchs-, Wahrnehmungs- und Filterungszustand. Sie *suchen* andere Dinge.

Frauen, die keine Pille nehmen, sich also nicht im Schein-Zustand einer Schwangerschaft befinden, orientieren sich an anderen Gerüchen und Stoffen, sie suchen Ergänzung und Ausgleich zu ihren eigenen, die eine Frau, die meint schwanger zu sein, nicht braucht.

Es gibt auch die Möglichkeit sich eine Spirale einsetzen zu lassen. Warum ist bloß noch niemand auf die Idee gekommen, einem Mann ein Stück Draht in den Penis zu stecken, so würd' er gleichzeitig auch schön steif bleiben!, der dann langsam vor sich hinrosten kann? Es gibt auch das Kondom für die Frau: Sieht aus wie ein Müllsack. Oder Pessare. Oder parfümierte Schaumsprüher. Oder Abtreibungen.

Die sexuelle Freiheit des einen ist Gefängnis, Angelegenheit des anderen.

JOSEPH GEHT INZWISCHEN FREMD

Joseph erträgt es nicht mehr. Seit das Kind da ist, kümmert sich Margit überhaupt nicht um ihn. Sie ist andauernd müde, hat keine Lust auf ihn. Sie hat ihn hereingelegt, hat gesagt, daß sie die Pille nimmt, und sie dann absichtlich vergessen, oder, wie sie ihm weismachen wollte, da sie oft bei ihm übernachtet hatte, zuhause liegengelassen.

Er weiß nicht, wozu er eigentlich noch da ist. Ja, um das Geld ranzuschaffen. Er arbeitet mehr als je zuvor. Trotzdem würde er gerne mit Margit schlafen. Sie hat keine Lust auf ihn. Sie ist müde.

Als Peter ihm erzählt hat, daß Christine schwanger ist, hat er ihn gewarnt. Obwohl es eigentlich nicht seine Art ist, Persönliches auszuplaudern, empfand er es beinahe als seine Pflicht, ihm über das Eheleben mit Margit zu erzählen. Und zu gestehen, daß er inzwischen eine Geliebte hat. Es staut sich bei ihm, der Samen staut sich, und der Wunsch nach Zuneigung und Anerkennung staut sich auch. Seine Geliebte weiß, daß er Frau und Kind hat. Er kann mit ihr reden. Sie hört sich sogar seine Eheprobleme an. Sie ist etwas älter als er und geschieden, sie will nichts von ihm, außer ihn ein-, zweimal die Woche sehen und Sex mit ihm haben. Sie hat sich sterilisieren lassen. Sie will keine Kinder. Sie ist immer gut aufgelegt und schön zurecht gemacht, und duftet gut.

Joseph hat ein schlechtes Gewissen gegenüber Margit. Doch sie scheint nichts zu bemerken. Im Gegenteil, seit er fremdgeht, erträgt er auch die Situation zu Hause besser, ist nicht so angespannt und legt sich dann sogar gerne zu Margit ins Bett und streichelt sie sanft, ohne zudringlich zu werden, bevor er einschläft.

Zweitfrau zu sein ist nicht angenehm.

Daniela weiß nicht, wie lange sie diesen Zustand, diese Heimlichkeit noch mitgemacht hätte, wäre ihr nun nicht *das* passiert ... Zu oft wahrscheinlich hat sie die Situation, seine Frau verdrängt, und seine beiden Kinder, zu denen er, nachdem sie miteinander geschlafen hatten, ging. Und sich zu ihr in das warme Bett gelegt hat, und sie vielleicht noch umarmt oder berührt hat.

Danielas Wohnung ist klein. Sie verdient nicht viel. Sie weiß nicht, ob sie mit Alimenten rechnen könnte. Die Geburtenbeihilfe ist abgeschafft. Auf die Hilfe ihrer Eltern möchte sie nicht zurückgreifen. Wie sollte sie ihnen erklären, daß sie ein Kind erwartet von einem schwarzen Musiker, der bereits zwei andere hat, und noch dazu verheiratet ist. Und sich wahrscheinlich nicht von seiner Frau trennen wird. Seine Frau hat Geld, beziehungsweise die Eltern seiner Frau haben Geld. Sie unterstützen sie. Damit ist auch zu erklären, wieso er seiner Musikerkarriere nachgehen kann, ohne darauf schauen zu müssen, seine Familie voll und ganz ernähren zu können.

Ein Mischlingskind würde es werden, black and white, chocolate and milk. Aber sie als alleinstehende, alleinerziehende weiße Mutter mit einem braunen Kind? Warum besteht er darauf, daß sie es dennoch kriegt? Er hat ihr weder versprochen, daß er sie dann unterstützen würde noch daß er seine Familie verlassen werde, nichts hat er versprochen, nichts angeboten, bloß gesagt, sie möge es dennoch kriegen. Sie versteht ihn nicht.

Ihre Wohnung ist zu klein und sie verdient nicht genug.

DER CLUB

Üblicherweise halten sich Männer für große Liebhaber.

Und das ist so, weil es nur wenige Frauen gibt, die einem Mann die Wahrheit über ihr Erleben beim Sex erzählen. Die meisten Männer wissen wenig über Sexualität. Und die Frauen sind schweigsam, zumindest ihren Männern gegenüber, weil sie wissen, wie verletzlich das Ego eines Mannes ist. Anstatt das Risiko einzugehen ihn zu verlieren, spielen sie ihm etwas vor, lassen ihn glauben, wie großartig er ist, und wenn sie es nicht mehr ertragen können, das Theater, inszenieren sie ein großes Durcheinander, um Sex, eventuell, ganz zu vermeiden – die Möglichkeiten und Spielarten sind grenzenlos – und in der Folge auch ihn loszuwerden.

Männer befinden sich in einem Club und werden durch diesen Club geschützt, sie sind Männer, sobald sie auf die Welt kommen. Sie glauben, besser, schneller und intelligenter zu sein als die Frauen. (Und es wird ihnen immer wieder daran liegen, das unter Beweis zu stellen!) Die Clubkarte ist nichts anderes als dieses fleischige Anhängsel, mit dem sie geboren werden. Es genügt, dieses lächerliche Stück Fleisch, dieses Anhängsel zu besitzen, um Privilegien zu genießen, im Beruf, im Restaurant, am Volant.

Und die Frauen sind zornig deswegen, es hat sich nichts geändert in den letzten Jahrzehnten, auch wenn es ihnen vorgemacht wird, vorgegaukelt, dieser Club existiert nach wie vor, genau so, noch heute.

ANDERE CLUBS

Bist du nicht in einem Club, gehörst du nicht dazu. Du kannst als Raucher nicht mitreden, wie es einem Nichtraucher geht. Und genausowenig als Nicht-Mutter eine Mutter verstehen.

Eine der Besonderheiten in Clubs ist, daß einige, wenn nicht gar die meisten Clubmitglieder Außenstehende zum Überlaufen animieren wollen. Mütter und Väter, die vor ihrer Mutter- und Vaterschaft noch völlig andere Töne gespuckt haben, gehen plötzlich in ihren Rollen ganz und gar auf. Da fallen dann Stichworte und Sätze wie An-die-Grenzen-gehen, das Erlebnis der Schwangerschaft, die Geburt als allesübertreffende Erfahrung, der Mut, der dazugehört, und die Anstrengung, etcetera etcetera, aber du kriegst alles zurück, hundertfach, tausendfach!

Es macht dich stark, als Frau, und viele Männer scheuen die Macht und Kraft einer Frau, die bereits ein Kind hat, oder einer Frau, die mit ihnen ein Kind haben möchte. Sie lehnen es ab, weil sie Angst vor dieser neuen, stärkeren Frau haben.

Männer bleiben bei den schwächeren Frauen. Es ist ein Irrtum von emanzipierten Frauen, zu glauben, sie könnten die Männer durch ihre Stärke auf ihre Seite ziehen, Beispiele gibt es genug, nur selten trifft man auf Männer, die sich im Fall des Falles zwischen starker und schwacher Frau für die stärkere entschieden hätten.

Die Anziehung, die starke Frauen auf Männer ausüben, ist enorm, sofort regt sich das Glied, das Kind im Mann, zum Kampf!, sie umzulegen! Heiraten werden sie dann aber doch diejenige, die weniger anstrengend ist und mehr auf *seine* Wünsche Rücksicht nehmen wird. Es geht doch nicht an, daß so ein kleiner, neuer Mensch, ein Baby!, ihm ihre ganze Aufmerksamkeit stehlen will!

RECYCLING

Recyling bedeutet, etwas seiner eigenen Quelle wieder zurückzuführen. Das Rad des Schicksals. Die Kreisbewegung.

Es funktioniert wie ein Komposthaufen. Dünger wird wieder zu Dünger. Flasche zu Flasche, Glas zu Glas.

Blut ist im Schuh? Alle zehn Minuten läufst du aufs Klo und schaust nach, ob es schon da ist. Eine leicht rosarote Färbung wäre dir genug, und spürst du es nicht, ein leichtes Ziehen im Unterleib, eine Ahnung von Krämpfen, ein Ziehen? Egal wär's dir, grad heute, ob der Schmerz stärker wäre als üblich und das Blut dicker und dunkler, eine Erleichterung wäre es, gerne würdest du es ertragen, anstatt einer möglichen, unvermeidlichen Entscheidung, die du treffen müßtest ... Wo bleibt es, das Blut? Der Schuh ist zu klein ...

Die erste Stufe beginnt im Gehirn in der Zirbeldrüse und endet in den Sexualdrüsen. Die zweite Stufe, die eigentliche, führt diese Energie wieder in die Steuerdrüsen des Gehirns zurück. Dies ist allerdings nur wenigen bekannt.

Asche zu Asche, und Staub zu Staub.

Wegwerfnachthemden und Wegwerfpantoffeln werden den Frauen zur Verfügung gestellt. Jede Frau bekommt einen Wäschekorb, in den sie ihre Sachen hineingeben kann. Und ein weißes Hemd, hellblaue Plastikpatschen.

Sie sitzen in einem kleinen Halbkreis, auf orangen Klappstühlen. Auch die Vorhänge der Umkleidekabinen sind orange. Und die Vorhänge vor dem Fenster sind orange-gelb geblümt. Draußen regnet es.

Der Halbkreis ist so eng, daß man einander zwangsweise in die Augen schauen muß. Da passiert dann ein zwangsläufiges Lächeln, ein oberflächliches, ähnlich der Situation in Frauenklos, wo die Frau, die die Kabine verläßt, derjenigen, die nach ihr kommt, der sie sozusagen die Klinke in die Hand gibt, zulächelt, und umgekehrt. Es ist eine eigenartige Geste, ausgerechnet am WC einander zuzulächeln, zu grüßen, obwohl man es im Lokal weder vorher noch nachher tun wird, wenn man sich sieht. Ob Männer das auch machen?

Natascha hofft, daß sie nicht die letzte sein wird.

Die Sozialarbeiterin erklärt den Frauen den Ablauf. Der Vorgang ist eigentlich sehr einfach: Zunächst werden Sie in Narkose versetzt, die allerdings nicht sehr viel länger als fünf Minuten, das ist die Zeit des Eingriffs, dauern wird, Sie werden in Tiefschlaf versetzt, und dann wird mittels eines Absauggerätes der Embryo, die Frucht, aus Ihnen, aus Ihrer Gebärmutter herausgesaugt. Dieser Eingriff verläuft eigentlich so gut wie immer komplikationslos. Der Embryo wird mittels Radar geortet und in der Folge eliminiert. Sie werden dann noch eine Weile weiterschlafen, und wenn Sie aufwachen, werden Sie in einem Bett liegen. Sie werden dann von einer

Schwester betreut werden und von einem Arzt, der noch einmal zur Kontrolle vorbeikommen wird, sobald Sie sich stark genug fühlen, wird Ihnen die Schwester helfen aufzustehen und in die Kabine zu gehen, passen Sie bitte auf, die zwischen Ihren Schenkeln eingeklemmte Binde nicht zu verlieren!, vorher wird man Ihnen noch die Kanüle des Narkosemittels entfernen, ein Pflaster draufkleben, dann dürfen Sie eben in die Kabine gehen, die Schwester wird Sie stützen!, wo Sie Ihren Wäschekorb vorfinden werden mit Ihren Kleidern, setzen Sie sich dann vorsichtig auf den Sessel, es gibt auch ein Waschbecken, in dem Sie sich waschen können, und versuchen Sie sich anzuziehen!

Die Frauen werden gebeten, sich in der Reihenfolge, die die Sozialarbeiterin nun angibt, in der Kabine umzuziehen und danach auf ihren Aufruf zu warten. Der Narkotiseur und der die Operation durchführende Arzt werden sich vorstellen kommen. Falls sie Fragen haben, mögen sie bitte nicht gehemmt sein, diese zu stellen.

Carolyn wird die erste sein.
Dann die junge Türkin.
Die Mutter von zwei Kindern.
Christine, Daniela, Gudrun.
Natascha.

(II) CHRISTINE

Christine ist eine sehr schöne Frau. Sie hat schlanke, wohlgeformte Finger. Sie hat wohlgeformte Beine. Sie sitzt mir im Minirock gegenüber, hat die Beine übereinandergeschlagen, streift mit ihren Fingern immer wieder durch das braune, seidigschimmernde Haar.

Ich biete ihr Kaffee und Kekse an.

Ihre Schuhe hat sie ausgezogen, obwohl ich ihr gesagt habe, daß das nicht notwendig sei. Nein, sie fühle sich wohler ohne die Schuhe, hat sie geantwortet und sich in den Fauteuil gesetzt. Fauteuil Voltaire, hat sie gesagt, das ist ja ein richtiger Großvaterstuhl, den Sie hier haben.

Ich bin ungeübt darin Interviews zu beginnen, zu gestalten, selber durchzuführen, ich kenne die Situation eher von der anderen Seite, von der der Befragten her, die, das heißt ich, immer schon Stunden zuvor nervös ist, weil sie die Fragen nicht kennt.

Kinderleichte Fragen werden das wohl nicht werden, sagt Christine und hilft mir also, und wir müssen beide lachen, das tut gut.

Sie erzählt zuerst über ein schwimmendes Hotel, auf dem sie vor zwei Wochen war und das sie sehr begeistert hat, weil sie so etwas noch nie erlebt hat, das war in Amsterdam, und geht über zu Zwiebeln, Tulpenzwiebeln, da gibt es doch dieses scheußliche Lied, sagt sie, Tulpen aus Amsterdam!, und sie hat in Amsterdam neben der Entdeckung dieses wundervoll eigenartigen Hotels auch eine ganz bemerkenswerte Frau kennengelernt, eine Floristin, aber darauf sind sie erst am nächsten Tag zu sprechen gekommen, am Abend davor haben sie sich nicht über die Arbeit unterhalten.

Ich möchte Landschaftsarchitektin werden, sagt Christine, und stehe kurz vor meinem Abschluß.

Ich muß beginnen Fragen zu stellen. Muß ich? Ich sollte vielleicht das Aufnahmegerät, das ich auf dem Tisch plaziert habe, einschalten, soll ich?

Woher haben Sie meinen Namen und meine Telefonnummer, hat mich Christine vor einer Woche gefragt. Ich war wahrscheinlich zu ungestüm und aufdringlich im ersten Moment, daß ich gleich mit der Tür ins Haus gefallen bin, ohne ihr vorher zu sagen, daß eine gemeinsame Freundin mir den Tip gegeben hat, bei ihr anzurufen, weil sie sich vorstellen könnte, daß Christine einem Gespräch mit mir als Gegenüber aufgeschlossen sein würde. Ich habe ihr dann mein Anliegen und die Zusammenhänge erklärt, und sie war nach anfänglichem Zögern einverstanden, über ihre Erfahrung zu sprechen. Ich wollte eben auch Gesprächspartnerinnen außerhalb meines engeren Bekanntenkreises, sie ist die erste, die ich nicht persönlich kenne, und durch einen eingetragenen Verein, eine Beratungsorganisation, bin ich noch auf zwei weitere Frauen gestoßen, die mit mir reden möchten.

Christine sagt, daß sie Angst gehabt hätte, als ich sie angerufen habe und ein Gespräch mit ihr wollte, und daß das genau das gewesen wäre, was die Angst von ihr verlangt hätte, nämlich trotzdem zu mir zu kommen.

Ich schalte den Recorder ein, drücke auf „Aufnahme“, ich muß nicht mitschreiben, ich konzentriere mich auf Christines Gesicht.

Sie ist eine schöne Frau. Hat hohe Backenknochen und seidigschimmerndes Haar. Je mehr sie redet und desto tiefer ihre Stimme wird, wie mir scheint, und ohne ihre Worte wirklich zu verstehen, das heißt nachzuvollziehen, ich kann sie ja nachhören, muß ich immer wieder auf ihr Knie sehen, das übergeschlagene Bein, das wippt, und auf ihre bloßen, unbestrumpften Zehen, die mitwippen, sehr lange und schlanke Finger hat sie außerdem, die wunderschön in weißen langen Handschuhen zu verstecken wären, aber das tut sie nicht, wozu auch?, sie trommeln ganz leise auf meinen Tisch, tamtaram, und begleiten sie, ich rauche, sie raucht nicht, Motiv, habe ich dazwischen verstanden, aber ich folge ihm nicht weiter, kann es ja nachhören, der Kern des Anstoßes ist wohl ein gemeinsamer, Frauen am Rande des Nervenzusammenbruchs, habe ich inzwischen verstanden, wenn man so wollte, könnte man es auch so betiteln, ihr Rock ist auch sehr schön, in einem dunkelgrünen Smaragd-Ton gehalten, ihr Haar sehr schimmernd, ihr Hals sehr weiß, das schwarze T-Shirt sehr eng um wohlgerundete Brüste und Hüften, die in einen Minirock übergehen, ich frage sie, ob der Rauch sie stört, sie sagt nein, ich sehe den Rauch meiner Zigarette an ihrem T-Shirt sich abzeichnen, es ist später Nachmittag, ich sehe Augenränder, verwischten Kajal, Puder, sie hätte sich gar nicht so stark schminken müssen, Christine, aber ich kenne das, von meinen eigenen Interviews, zu Hause ist das etwas anderes, wenn man Journalisten in seinen eigenen vier Wänden empfängt, draußen, im Kaffeehaus, oder noch schlimmer, zu jemandem anderen, in dessen Wohnung zu gehen, verlangt nach Maskerade, zumindest nach ein bißchen stärkerem, stärkendem Make-up, zu Hause braucht man das nicht in dieser Form, die eigenen Räume geben Schutz, zeigen gleichzeitig genug von einem, dem Selbst, das einem wichtig ist, geben Blöße, wenn einem das wichtig ist herzuzeigen, Klarheit vor allem, falls einem daran gelegen ist, ersparen Pipapo und lange Erklärungen, Christine ist zweiundzwanzig, sie kommt mir sehr erwachsen vor für ihre zweiundzwanzig, trotz überschminktem Gesicht.

Es ist ihre erste Abtreibung. Es war ihre erste und gleichzeitig letzte Abtreibung, davon ist sie überzeugt. Sie tippt mit dem Finger auf mein Aufnahmegerät, zieht es eine Spur in ihre Richtung, dreht es etwas seitlich. Ich weiß nicht, ob sie sich dabei elektrisiert hat, oder ob ich mir das nur eingebildet habe, jedenfalls sah ich einen Funken von ihren Fingern ausgehen, ich dämpfe meine Zigarette aus, sie räuspert sich, greift sich an den Hals, umschließt ihn mit ihren Fingern, ich bin ein wenig verkühlt, sagt sie, meine Stimme, sagt sie, und schluckt, ich sehe eine fremde Hand an ihrem Hals, die sie zu erdrücken versucht, eine schwarz behandschuhte Hand, die ihr die Kehle zudrückt, ihre Zehen, die bloßen, unbeschuhten, beginnen zu zucken, sie lacht, um dem Angreifer die Zähne zu zeigen, ihr Mund öffnet sich, immer weiter und weiter, und ein Paar gierige Pupillen sind auf sie gerichtet, schwarz besamtet, bewimpert, die Kamera eines Richters, der keuchend das Stativ in seinen Händen hält, die Augen offen hält, mehr als vierundzwanzig Stunden lang, bloß nicht einschlafen, sagt sich der Richter und Henker, und hält sich mit Drogen wach, nur nicht einschlafen, denn dann könntest du dich verlieben, also gib Acht und nimm noch einen Schluck Wein und zwei Prisen Koks, und stell ein paar violette Tulpen auf den Tisch, damit sie sich freut, aber nicht zu lange, dann drück wieder zu, schnür ihr die Kehle ab, ihre Stirn ist so jung und so glatt, Christine, sie ist eine sehr schöne Frau, sie hat aufgehört zu trommeln und an meinem Aufnahmegerät herumzufummeln, ihre Hände ballt sie nun zu kleinen Fäusten und zieht sie an ihren Körper heran, verstaut sie unter ihren Achseln, es ist später Nachmittag, und sie erzählt, bereitwillig, von Sonnenwenden, verstehe ich zwischendurch, und von Zungen, die Zickzacklinien bevorzugen, sie sitzt auf meinem altem Großvatersessel, den sie so benannt hat, denn ich habe keinen Großvater mehr, der ist lange tot, den Sessel habe ich am Flohmarkt erstanden, ganz billig, Fauteuil Voltaire hat sie ihn genannt, was für eine Ehre für diesen alten, vergammelten Polstersessel, sie räuspert sich und setzt sich gerade auf, Einsamkeit ist nicht das Schlimmste, sagt sie, verstehe ich zwischendurch, schlimmer sind aggressive Menschen, die deinen Raum, dein Revier bedrohen und deine eigene Entscheidungsfähigkeit, und schlimm sind beschlagene Fensterscheiben, durch die man nicht hindurch sieht, ich kann kaum glauben, daß eine so junge Frau, zweiundzwanzig, vor mir sitzt, beschlagene Fensterscheiben oder verschlossene Türen, Korridore und Stiegenaufgänge, das Wasser kondensiert, das merkt man doch, sagt sie, Wasser kocht oder kondensiert oder bringt den Deckel zum Überlaufen, und manchmal weiß man nicht, was man tut oder denkt, und denkt in eine ganz falsche Richtung, und läuft vor seinem eigenen Schatten davon, im Gestrüpp der Großstadt, mit all den Plakaten, Etiketten, Datierungen und Landkarten, die wie übereinandergelegte Kopien wirken, findet man sich nur schwer zurecht, und wenn dazwischen eine Grünfläche aufblitzt, ein kleiner, von Hundstrümmerln gepflasterter Park, ist man schon froh, und steigt in das Floß, das bloß da ist, vor Anker liegt, scheinbar, aber nicht dem eigenen Fluß entspricht, entspringt, Wasserrutschen sind etwas ganz Wunderbares, sagt sie, die habe ich schon als Kind so geliebt, und dann fragt sie mich, ob ich auch eine Wasserratte sei, ihre Kehle ist ganz ausgetrocknet, ein Tee wäre gut, ob ich wohl welchen da hätte?, sie sagt es wahrscheinlich zweimal, denke ich, bevor ich reagiere, und ich komme mir plötzlich vor wie in einem feuchten Theater, wie auf diesem schwimmenden Hotel in Amsterdam, von dem sie erzählt hat, als sich mir plötzlich die Vermutung aufdrängt, daß mein Aufnahmegerät vielleicht gar nicht funktionieren könnte, drehe ich es um, während Christine auf die Toilette geht, und sehe, daß keine Batterie drinnen ist, ich tue so, als ob nichts wäre, als sie zurückkommt, und stelle Tee auf, und hole mir ein Blatt Papier.

PROMINENZ

Arnold Schwarzenegger feiert in seinem Stadion seinen fünfzigsten Geburtstag, und tätschelt dabei abwechselnd die Schulter seiner Mutter und den Schenkel seiner Frau Maria, die im sechsten Monat schwanger ist und ihm das vierte Kind schenken wird: „Sie ist die beste Mutter der Welt, wie meine Mutter", und *Niemand hat behauptet, daß es wirklich leicht ist, ein guter Mensch zu sein. – Du bist ein netter Kerl, Sully, und deswegen werde ich dich auch als letzten umbringen.*

Naomi Campbell ist bei Harald Schmidt zu Gast und verkauft ihre Designer-Jeans für gute Zwecke und für Nelson Mandela: „Niemand hat behauptet, daß es wirklich leicht ist, ein guter Mensch zu sein."

Madonna hat ihr Kind bekommen, damit sie weiß, für wen sie arbeitet, damit sie eine Erbin hinterläßt. Kinder und Karriere sind heutzutage leicht miteinander vereinbar. Neneh Cherry und sie haben damit keine Probleme.

Seiltanz, sagt Daniela, ist ein großes Wagnis. Es kommt sehr auf das Gleichgewichtsgefühl, auf deine innere Balance an. Du mußt für jede kleinste Bewegung des Windes gerüstet sein. Und du mußt immer mit Turbulenzen rechnen und sie ausgleichen.

Es gibt Menschen, die im Stehen schlafen, sagt sie, und es gibt Menschen, die Schlafwandeln, also im Schlafen wandern. Im Schlaf sich zu bewegen, in Träumen, ist eine sehr aufregende Sache. Die Schwerkraft scheint aufgehoben, oder sie kann sich verstärken, und etwas hemmt dich, schiebt sich wie eine unüberwindbare Mauer vor dich, vor deine Füße, lähmt dich. Das sind die schrecklichsten Träume, in denen man plötzlich bewegungsunfähig wird, die Motorik nicht mehr kontrollieren kann, wenn Nervenenden zerrissen scheinen und Synapsen unterbrochen.

Am schönsten sind Unterwasserträume, sagt sie, das Schwimmen mit und zwischen Fischen, es herrscht eine so große Stille in den Tiefen des Ozeans, du hörst dein Blut rauschen und deinen Atem, aber sonst ist es vollkommen ruhig da unten, und neongelbe kleine und durchsichtig blaue größere, die aussehen wie achtlos von den Touristen ins Meer geworfene Plastiksäckchen, zunächst, sich aber dann als ganz lebendige, eigenartige Fischart entpuppen, mit einem orangeroten Kußmund, schwarz/weiß gestreifte und solche in zarten Pastelltönen gehalten, wie aus einem italienischen Eisladen, pistaziengrün und erdbeerrosa und haselnußbraun, du brauchst deinen Körper nur ein wenig zu bewegen, um sie zu begleiten, oder sie dich, das ist nicht immer ganz klar, wer mit wem ein Stückchen des Weges schwimmt, du mußt nur ein wenig deine Hüften drehen.

Spazierengehen mit meinem Geliebten war mir nie möglich, in der Öffentlichkeit durften wir nicht gesehen werden zusammen.

Spaßhalber haben wir einmal mein Bettlaken aufgebläht, wie Kinder gespielt in einem Beduinenzelt, draußen der Sandsturm, und am nächsten Tag habe ich der Sonne ihr gemaltes Abendmahlbild entgegengehalten und mit ihr über den dummen Künstler gelacht.

In Padua, bei einem Volksfest, haben sie einmal ein Seil zwischen zwei Häuser, über die Straße gespannt, und ein paar Seiltänzer haben einen Wettbewerb unter sich veranstaltet, unten saßen die Menschen, an langen weißgedeckten Tischen, mit Wasserkaraffen und Rotwein und Brot, und oben jonglierten die Tänzer mit ihren Bällen, am Stahlseil, ohne Netz, ich war nicht dort, ich habe diese Bilder bloß im Fernsehen gesehen, aber sie haben mich sehr erstaunt und fasziniert, ich denke oft daran.

Meine Zeit mit ihm mußte ich mir immer stehlen, sagt sie, und die Sanduhr stellen, ihn rechtzeitig wecken, damit er heimgehen konnte zu seiner Frau, oft war ich versucht ihn weiterschlafen zu lassen, so zu tun, als ob ich selber schlafen würde, manchmal haßte ich sein friedlich entspanntes Gesicht, seine Ruhe, die er anscheinend genoß, genießen konnte, während ich wach daneben lag und aufgewühlt war, gerne hätte ich mich in seine Träume geschlichen, die Bretter aufgerissen in seinem Schlafgemach, mich dazwischen gestellt und geschrien, hey, wach auf, verdammter Schläfer!, ich bin's, ich bin auch noch da!, aber ich habe es niemals gemacht.

Gleichgewicht und Körpergewicht zu halten sind sehr wichtig, sagt sie, machen Sie manchmal Kopfstände?, fragt sie, ich tue es, um mein Blut in den Kopf zu bekommen, das sitzt bei mir meistens tiefer, zu tief vielleicht, es pocht von ganz unten her, das ist auch nicht schlecht, es kommt tief aus dem Arsch und klettert dann über die Mitte, über den Solarplexus hinauf, kitzelt das Herz, aber da ich dieses Gefühl wirklich gern habe, dieses Kreisen um mein Herz, belasse ich es oft dabei, laß mich umspülen und wegreißen davon, Resultat ist, daß mir der Kopf wegkippt, auch nicht schlecht, eigentlich, nur sollte man vorher ein Netz gespannt haben, ein Kopf- und Haarnetz, das einen auffängt, sonst dreht man vielleicht durch mit der Zeit oder verliert seine Haare vor der Zeit, deshalb mache ich Kopfstände.

Manchmal rauche ich auch einen Joint, den meine Freundin mir dreht, ich selber kann das nicht, Jointdrehen, aber das ist eine ganz großartige Sache, so ein Grasjoint, man wird angenehm entspannt dabei und ruhig, und kann vor sich hinträumen.

In den eigenen Körper zu reisen, sagt Daniela, habe ich mir eigentlich sehr spannend vorgestellt, ich bin gar nicht ungeübt darin und eigentlich sehr geschickt, durch irgendeine Körperöffnung hineinzuschlüpfen und dann den Weg zur Gebärmutter suchen und schauen, wer da ist und was der- oder diejenige mir zu sagen hat, das habe ich mir gut vorstellen können, aber es hat nicht geklappt, mein Körper ist mir zwar wie ein riesiges weißes Zelt vorgekommen, als Hülle, und innen war es feuerrot und warm, meine Augen begannen wie wild zu zucken und zu brennen, ich konnte sie nicht stoppen, ich hatte sie nicht mehr unter Kontrolle, ich dachte, sie würden mir aus dem Kopf fliegen, die einzige Kraft, die ich aufbringen konnte, habe ich dazu verwendet, meine Augen nicht zu verlieren, sie wieder zum Stillstand zu bringen, als ich das erreicht hatte, wurde ich wieder ruhig, meine Begleiterin hat versucht, mich weiter nach unten zu bringen, in meinen Unterleib, aber irgendetwas versperrte mir den Weg, wie in einem Alptraum, wo du einfach nicht weiterkommst, die Synapsen durchbrochen, kein Weitergehen, keine eigenständige, aus eigener Kraft mögliche Fortbewegung mehr, ein Auflaufen.

Damals habe ich gedacht, daß es ein Mißerfolg, ein Mißlingen war, meine Nerven waren am Ende, gerne hätte ich so eine Begegnung gehabt wie die, von der mir meine Freundin erzählt hat, eine Absegnung, ein Commitment vielleicht, wo ich mit dem- oder derjenigen, der oder die oder das, wer auch immer da nun unbedingt inkarnieren wollte, mit mir als Mutter, hätte sprechen können, Fragen und Antworten, abgesehen davon, daß ich damals sehr an meinen eigenen Kräften und überhaupt an meinem ganzen Körper, meinem Bewußtsein zweifelte, habe ich mich auch sehr hilflos und ausgeliefert gefühlt.

Daniela ist siebenundzwanzig, ihre Wohnung hat achtunddreißig Quadratmeter, es ist eine Neubauwohnung, ein kleiner Vorraum mit Garderobe und einem großen Spiegel, ein Wohn- und Eßraum mit amerikanischer Küche, ein kleines Bad, ebenfalls mit einem großen Spiegel, und ein Schlafzimmerkabinett.

Schwarz/weiß-Zeichnungen mag sie nicht, sagt sie, die Zwischentöne sind ihr wichtig und die Farben, ihr Schlafzimmer zum Beispiel ist rosarot, ihre Küche gelb, ihr Badezimmer blau, die vielen Spiegel braucht sie um die Räume optisch größer aussehen zu lassen, erklärt sie mir, und daß sie das Mißlingen heute etwas anders sieht, als ob sie jetzt überhaupt andere Augen hätte, aus lauter Angst, ihre Augen zu verlieren?, und dennoch schmerzt es, nach wie vor, brennen die Augen, immer wieder, zwischendurch, sind sie gerötet, und trotzdem kann sie in letzter Zeit nicht genug kriegen von Milchschokolade.

Ein Balanceakt ist es, das Lieben und das Liebemachen, sagt sie, vor allem wenn die Voraussetzungen und die Umstände so sehr gegen dich, gegen ein Wir und ein Uns sprechen, aber du hast es dir selber so ausgesucht. Und es macht sprachlos, wenn soviel gegen dich und uns spricht. Das Seil ist dünn und die Luft auch, und deine Füße sollten, müßten beides umklammern. Manche haben die Kraft, auf dem Hochseil zu tanzen, ich habe sie anscheinend nicht.

Eistanzen ist vielleicht weniger gefährlich, sagt sie, aber ehrlich gesagt, ich weiß es nicht, man muß vielleicht nur warm angezogen sein und darauf achten, falls man draußen in der Natur ist, nicht auf zu dünnes Eis zu geraten.

Den Totentanz gibt es natürlich auch noch, sagt Daniela, und sitzt in dem gleichen Fauteuil Voltaire wie Christine eine Woche zuvor. Fauteuil Voltaire, Volt, Elektrischer Stuhl. Hilde Holger zum Beispiel, sagt sie, wurde durch ihre Tanzperformance *Die Forelle* mit der Musik von Schubert berühmt. Haben Sie schon einmal einem Fisch zugesehen, seinen Bewegungen, fragt sie mich, der in einem Netz gefangen ist oder in einer Badewanne, bevor der Vater ihn für das Weihnachtsessen erschlägt?

FINSTRE SCHLUCHTEN

In VERA wird von dem vierzehnjährigen Mädchen berichtet, das, ohne daß die Zieheltern es bemerkt hätten, im angrenzenden Schlafzimmer ihr Baby allein zur Welt gebracht und es dann in einem Plastiksack vor die eigene Haustür gelegt hat. Sie will ihr Kind nicht sehen, sie wird es zur Adoption freigeben.

In der KRONENZEITUNG wird, wiedereinmal, der Fall der zwölfjährigen Wölfin, wer in finstre Schlucht geraten, anderen eine Flucht zeigen möchte!, kann?, beschrieben, werden Verse umschrieben, es wird berichtet, daß ... geschwängert vom eigenen Vater ... oder einem Onkel oder Bruder oder allen, die zugeschaut haben und oder es nach wie vor tun oder mehr, mehrere oder wenige ... oder ... – Kümmern Sie sich um Ihre eigenen Angelegenheiten! Kehren Sie vor Ihrer eigenen Haustür!

William S. Borroughs ist gestorben. Bekannt wurde er, mitunter, sagt das Kulturfernsehen, durch NAKED LUNCH, eine Geschichte, in der er seine eigene Geschichte verarbeitet hat, nämlich die, unter anderem, obwohl Drogenkonsument und sowohl Homosexueller wie auch Kult, nebenbei und auch, wo er, in der er, in derjenigen, wobei er seine eigene Frau, unter Drogen vielleicht, oder sowohl, bei einem Wilhelm-Tell-Spiel umgebracht hat.

Im Nachrichtenteil Ausschnitte von religiösen Belagern und Belagerinnen, im Hof der Abtreibungsklinik im ersten Bezirk, am Fleischmarkt in Wien, die Rosenkranzperlen zupfen und hölzerne Embryos zwischen ihren Fingern drehen und Marienlieder singen. Einige Frauen beugen sich aus dem Fenster, zwei Schwestern und fünf Patientinnen beugen sich aus den Fenstern, in dem weißen Raum mit dem schwarz/weißen Siebdruck, einer Landschaft, auf die Natascha noch vor kurzem gestarrt hat.

NATASCHA

Es kostet mich soviel Kraft, hier zu sitzen. Ich kenne den Ablauf. Und ich frage mich, warum und wieso, ich soweit gekommen bin. Ich frage mich, warum ausgerechnet ich die letzte sein muß.

Ich habe Schmerzen.

Wenn ich in den Spiegel schaue, sehe ich eine Winterlandschaft. Sehe ich eine weißgekleidete Frau in einer Schneelandschaft, der Schnee geht in den Horizont über, keine Abgrenzung zwischen Himmel und Erde, barfuß, mit angefrorenen Füßen, kahle Bäume, Umrisse die Zehen, Wurzeln schwarzgefroren. Der Schnee geht in die Augen über, Kristalle längs der Pupillen, graugrüne Sterne.

Ich möchte nicht wieder erkalten. Ich möchte nicht wieder in jedem Baum, der sich mir zuneigt, den Neige erkennen, Adieu sagen.

Eigenartig, diese kahlen Bäume in der Winterlandschaft, riechen nach schwarzem, frischem Asphalt, in den man nicht hineinsteigen sollte, weil deine Fußspuren sich abzeichnen werden, und dennoch sind sie das einzig Wärmende hier.

Ich habe geträumt, daß mir ein Pelz wächst, ganz lange seidige Haare am Oberkörper, nur vorne am Brustkorb und an den Armen etwas dichter und gekringelt und weiß, wie bei einem jungen Lamm, ich wußte, es ist nur für eine kurze Zeit, es wird wieder abfallen, für eine Weile jedoch würde es mich schützen. Die Leute bestaunten und bewunderten mich, und griffen mein Fell an, das ich ihnen stolz zeigte und sie befühlen ließ.

Der Winter wird immer mehr und mehr unkalkulierbarer.

Zuerst ist es nur ein Windhauch, ein Anflug von Kälte, der sich unter dem Türschlitz hereinschleicht, ein erstes Wort, ein Satz, etwa *Du drängst mich in eine Ecke* oder *Ich bin doch nicht dein Leibeigener*, beim nächsten auch noch nicht, brechen die Fenster.

Leiber wälzen sich gerne in dröhnender Animalität, solange sie nicht Leibeigene sind. Schön wird sie empfunden, die Animalität, solange sie Anonymität besitzt.

Vielleicht war ich in meinem vorherigen Leben eine Weißrussin. Vielleicht auch eine französische Maitresse.

Die französische Maitresse im Spitzenkorsett, zurechtgemacht, weil sie wußte, was sie erwartete, den weißen Pudel im Schoß, entsaugte ihr Mund deinem Leib den Samen, am Sonntag, wenn du deiner Frau erzählen konntest, daß du beim Pferderennen bist, ein Derby, dein Darben, und ich hatte den Sonntagsamen.

Oder die Weißrussin im schwarzen langen Kleid, die auf dich wartete, inmitten der Schneelandschaft, die Kutscher hielten die Pferde, während du mir erzähltest, was für eine Fee ich doch wäre, ein Engel mit tiefblauen Augen und Schatten, ich biege deine Taille!, und die Wolken lärmten rund um uns herum, weiße Winterwolken, und die Kutscher schauten uns zu, der Krieg ist bald vorbei, mein Liebes!, und schau nicht in die Sonne, mein Liebes, die Wintersonne tut weh!, färbe dir stattdessen deine Augenringe, tiefblau, während du auf mich wartest …

Der Winterwind geht in die Augen.

Der Schnee geht mir in den Horizont.

Es gibt Lügen, die sich erst langsam öffnen, zunächst lautlos, wie Fenster, die zuerst leise knarren, und plötzlich wachst du auf, nachdem du viele Nächte trotz Knarren und Quietschen, wie du dachtest, ruhig verbrachtest, und blickst sie streng an, und bist erstaunt, daß allein durch deinen Blick, den du so lange zurückgehalten hast, sie aufbrechen, keinen Widerstand mehr leisten, zerbersten … Und du siehst ein, daß das Rendez-vous, das du so schlau geplant hast, in die Zukunft hinein, vielzuweit, nun doch nicht stattfindet, du hast wieder einmal nur geträumt, vielzuviel Herz, und um deinen Hals, den du vielzuschnell dargeboten hast, wirst du ganzschnell einen Nerz wickeln.

Ich mag nicht wieder erkalten, ich mag mir nicht wieder Nerz und Tiger und Katzenfell um die Nieren, um den Leib schnüren, gegen die Angst, gegen den Stolz, gegen die Schlagader, das Blut! Die Hände werden wieder kalt sein, und nichts mehr geben wollen, steif die Glieder, und frigid und wund!

Glasscherben werde ich den Vögeln, die sich auf meinem Fenstersims niederlassen wollen, streuen.

Ein Netz aus Nerz und Glasscherben.
Der Schnee geht über meinen Horizont.

Wo ich doch Vögel so sehr liebe! Ich liebe die Kolibris, die Papageien, die Schwalben und die Spatzen. Die Adler und die Wellensittiche. Ich hätte gerne ein Kleid aus Papageienfedern, aber nur aus solchen Federn, die sie mir freiwillig überlassen würden, die übrigblieben, oder auch aus Adlerfedern, es ist mir schon passiert, daß so ein Adler siebenmal um mich gekreist ist, das war im Süden, und mir danach eine Feder hat fallenlassen, genau in meinen Schoß hinein.

Triebfedern …

Ich stelle mir vor: Ich überquere einen Dorfplatz im Süden, der von hohen Häusern umsäumt ist, zwei- oder dreistöckige Gebäude in etwa. Über mir viele verschiedene Vögel, die ihrer alteingestammten Wege ziehen, von Haus zu Haus, Schornstein zu Schornstein oder auch weiter. Und diese vorgezogenen Kreise, Linien und Straßen, die diese Vögel verfolgen, ergeben ein Netz, ähnlich einem Spinnennetz, an dem ich mich hochhanteln und mich ihnen anschließen könnte, ohne ihnen zu nahe zu kommen oder sie zu manipulieren, ich würde mich einfach ihnen anschließen …

Und mit ihnen am Dach sitzen und den Sonnenuntergang beobachten. Grünspechte sind sehr lustig. Man kann aus Federn auch die Zukunft lesen.

Ich denke an die weiße Emailschüssel meiner Großmutter, in der wir uns täglich wuschen, morgens und abends. Sie hatte zwei Sprünge.

Meine Großmutter ist nun zweiundachzig Jahre alt. Sie war immer eine eher spröde Frau. Eine starke Frau, die zwei Kriege erlebt und ihre Kinder allein durchbringen mußte. Das letzte Mal, als ich sie besuchte, bat sie mich, ihr den Rücken zu waschen. Ich schrubbte ihren Rücken, sehr vorsichtig, weil ich Angst hatte, sie zu verletzen, wie Pergament ihr Gesicht, lustig gepunktet von den Altersflecken ihr Rücken, ihre Brüste sehr tief, doch unglaublich jung und zart, während der ganzen Zeit konnte ich meine Augen nicht von diesen schönen, zarten Brüsten lassen und mußte an die weiße Emailschüssel von damals denken.

Ich sehe diese Emailschüssel vor mir, mit den zwei Sprüngen, die für mich jeden Tag anders aussahen, und in denen ich meine Zukunft las.

Einmal sah ich mich zusammen mit einem sehr großen, dunkelhaarigen Mann, der grübelnd unter einem Baum saß, auf einem Hügel, ich sah, daß er bei der Eisenbahn arbeitete, weil er so einen Anzug trug, der war indigofarben, und er war ständig unterwegs und konnte mich nur selten treffen. In Wirklichkeit war er ein Künstler und mußte sich um seine Kunst kümmern und deshalb oft wegfahren. Und dann traf er eben andere Frauen, die gerne seine Musen sein wollten.

Ein anderes Mal sah ich mich mit einem blonden Mann, auf einem Stuhl sitzend. Er saß ständig auf diesem Stuhl und sah sich Filme im Fernsehen an. Meine Großmutter hatte damals noch keinen Fernsehapparat, aber bei den Nachbarn hatte ich öfters zuschauen dürfen am Nachmittag, und daher wußte ich, daß es so etwas gibt. Eines Morgens sah ich mich also zusammen mit diesem blonden jungen Mann, der vielleicht mein Ehemann werden sollte, in der Waschschüssel meiner Großmutter. Er hatte eine Krawatte um, auf der sich ganz eigenartige Insekten tummelten. In Wirklichkeit trug er keine Krawatten.

Indigo und Saphir. Kombiniert mit neutralem Grau. Das mag ich. Verflochtene Verbrechen.
Daunendecken.

Leinenanzüge, leicht zerknittert.
Rote Ziegeldächer.
Alte Tapeten.

Vergilbte Fotos und Postkarten, aber nicht eigene.
Grüne Steine.
Schmelzender Schnee.

Meine Fingernägel habe ich heute früh gereinigt. Den Lack habe ich entfernt. Er war silbrigweiß.
Fingernailmoon, be my guiding light …

Ich habe einmal ein Spiel gespielt mit meinem Letztgeliebten. Das Spiel geht so: Stell dir vor, du stehst am Meer, und ein Teller wird angespült. Wie sieht dieser Teller aus? Und dann gehst du einen Weg hinauf, durch einen Wald, zu einem Haus. Wie sieht dieser Weg aus? Und wie der Wald? Und das Haus?
Seine Antworten waren:

a. Ein ziemlich wertvoller Teller, Meißner Porzellan, etwas angeschlagen.
b. Ein ziemlich verworrener, verwinkelter Weg, mit Stolperstufen.
c. Ein Märchenwald.
d. Ein Ikea-Haus, billig, 90er Jahre, mit 0-8-15-Ikea-Fertigteilhäusern rundherum.

Die Auflösung: a bin ich, b ist dein Lebensweg, c ist deine Umwelt, d bist du.

Hätten mich seine Antworten nicht schon früher stutzig machen sollen? Wie charmant sie doch sind, diese nichtsnutzigen, lausbübischen, gar nicht mehr so jungen Männer, die durch den Märchenwald stolpern?

Warum wachsen keine Seerosen im Regen?

Ich werde die nächste Zeit keinen Mittelscheitel mehr tragen können, so wie ich es eigentlich vorhatte.

Ich denke an rosarotes Papier, auf dem ich einen Liebesbrief schreiben könnte. Früher konnte ich rosarote Liebesbriefe nicht ausstehen. Mein Liebesbrief bestünde aus tausend kleinen Ameisen, eigenartigen Insekten, die sich gegen Mitte des

Blattes verdichten, verbreitern, durch die Dichte beinahe rot wirken, fiebrig, gleich schatzsuchenden Kindern.

Die Pferde galoppieren durch den Schnee, die Erwartung versucht sich zu ducken, zu verstecken, das Blut pocht und sinkt herab, Schüchternheit tut sich auf.

Gleichgültig bin ich, werde ich vielleicht wieder, gegenüber Blumenschmuck. Gegenüber Seerosen im Regen.
Die Dachschindeln glänzen leicht.
Orange geblümte Vorhänge.

Das Fenster würde ich gerne aufreißen, und den Wind und den Geruch von Regen hereinlassen. Eisige Luft, vom Militär? – Mich anschließen der Militärparade. Stumpf dahinschreiten. Rechts, links, und vorwärts, Marsch! Durchsichtige Schädel rund um mich herum. An nichts denken, außer einen Schritt vor den anderen zu setzen. Rechenmaschine sein und die eigenen Schritte zählen. Über die Brücke und unter der Brücke hindurch. Die Kälte macht mir nichts aus. Das Blut pocht und sinkt herab. Wie ein Barometer wieder fallen.

Ich muß zugeben: Früher war ich ein besserer Soldat. Früher fiel mir das Zählen leichter. Ich konnte Sternbilder berechnen und Mondphasen, den Weg von Ameisen. Ich war ganz gut im Berechnen von Plus und Minus, Schattenlängen und Flußläufen. Brücken konnte ich abschätzen, bis in die Zentimeter genau.

Mit einer Taschenlampe in der Hand, die Batterie vorm Weggehen noch ausgetauscht, erneuert, schlage ich mich durch das Dickicht. Suche ich nach dem Weg. Die Straße ist breiter als länger. Zypressen rechts und links, und vorwärts, Marsch!

Die Zypressen geben mir Halt. Sie sind mir vertraut. Der Weg ist breiter, als ich vermutete. Und von Frauen gesäumt, deren Gesichter ich nur sehr schwach durch den Nebel wahrnehmen kann. Aber sie sind da.

Eine der Frauen kämpft mit einem Zyklopen, der sie mit dem Blick seines einzigen Auges vernichten will. Er hat Pfauenfedern um seine Stirn geschnallt. Die reißt sie ihm jetzt aus. Sie wird es schon schaffen. Eine andere legt ihre Hände an die Ohren. Und besingt ihr eigenes Blut.

Es ist gut zu wissen, daß sie alle da sind. Es ist gut, daß überhaupt jemand da ist.

Irgendwo, weit hinten, galoppieren Pferde an mir vorbei. Sie sehen mich nicht.

Ich habe ganz gräßlichen Durst plötzlich.

Ich habe Lust auf ein Glas frisches Wasser, auf Wassermelonen. Auf eine Schale mit Erdnüssen und Mandeln und roten Wein.

Ich würde jetzt gerne in einem französischen Bistro sitzen und mit einer Frau namens Lola oder Mimi ein Glas Pernot trinken. Und mit ihr über die Männer reden und dazu Oliven essen und eine Zigarette rauchen. Und lachen, weil die Männer doch so dumm sind, und weil es sich gar nicht auszahlt, in sie zu investieren, Gefühle zu verschwenden. Sie hätte perfekt geschminkte Lippen, die Frau namens Lola oder Mimi, und einen sehr breiten, wunderschönen Mund, der immerfort lachte. Und sie würde mir von François erzählen, und von Jean-Pierre, und diesem anderen Kerl, seinen Namen hat sie vergessen, jedenfalls trug er so ein, wie er meinte, keckes Bärtchen, ein Filou-Bärtchen, das jedoch leicht zu durchschauen war, und na ja, dann im Bett, stellte sich heraus, jedenfalls stellte sich ganz etwas anderes heraus, und Lola oder Mimi zwinkert mir zu und stößt mit mir an und möchte dann noch, daß ich mit ihr, zu ihr nach Hause mitkomme, es ist eine sehr kleine Wohnung, Paris ist teuer!, aber liebevoll eingerichtet, und sie zeigt mir die Fotos von François und Jean-Pierre, von diesem Möchtegern-Filou hat sie keines, aber das macht überhaupt nichts, ich kann ihn mir auch so vorstellen, und sie hat noch eine halbe Flasche Bordeaux da, und die trinken wir jetzt auch noch aus.

Und ich erzähle ihr von meinem Bahnangestellten, der eigentlich ein Künstler war. Und von dem blonden, fernsehsüchtigen Idioten, der bei Mercedes arbeitete. Und vom Letztgeliebten, der durch den Märchenwald stolperte.

Ab welchem Zeitpunkt verliert ein Baum seine Blätter?
Ab wann verliert mein Mund sein Lächeln?

Ich dachte immer, daß ich heiter, lächelnd, gutgesonnen, sonnig und dabei zerbrechlich, und stolz wäre. Heiter, zerbrechlich und stolz, eigentlich eine gute Kombination. Wie soll ich es mittlerweile definieren und reihen? In erster Linie zerbrechlich? Oder stolz? Weit abgeschlagen, auf jeden Fall, die Heiterkeit?

Ich bin nicht mehr so gut in Pferderennen und Berechnungen.

Wenn man zu lange in die Wintersonne starrt, tut sie weh, wird einem schwarz vor den Augen …

Bevor die Landschaft zur Winterlandschaft wird, fühlt sie sich staubig und dürr an. Staubige Landstraßen, die an trockenen, weiß-gelben Maisfeldern vorbeiführen. Kürbisschwanger die Luft. Vogelbeeren und Hagebutten an den bald verdorrenden Büschen.

Die Vögel ziehen weiter.

Im Dorf streunen Hauskatzen um die Kirche herum.
Die Astern blühen noch.
Und werden bald abgelöst werden durch Chrysanthemen.

Der Friedhof wird vor Allerheiligen und Allerseelen noch von Unkraut und Brennesseln befreit werden. Jäten. Gestrüpp und Überwucherungen. Bald schon wird man von einem Bein auf das andere treten, wegen der Kälte.

Ich würde gerne einschlafen und träumen.
Wenn Augenlider Pölster sein könnten …

Ich könnte mich auch auf einen Bahndamm legen in der Dämmerung und meine Beine spreizen auf den Geleisen und darauf warten, daß ein Schatten mich überrollt. Und dann laut auflachen und die Taschenlampe, die mir den Weg gezeigt hat und die aussieht wie ein Löffel, weit wegwerfen. Ein Schatten so groß wie ein Mann. Und dann schnell weglaufen. Oder wegfliegen, mit Hilfe des Papageienkleides.

Ich würde wirklich gerne einschlafen, und träumen.

Daß aus meinen Handinnenflächen Wasser strömt, daß es pulsiert und fließt. Daß ich mit meinen Händen Teller bilden kann, Handteller, in denen sich das Wasser sammeln kann. Das Licht als Löffel. Die Taschenlampe weggeworfen. Du kannst auch so daraus trinken, beug dich zu mir herab, trinke …

Meine Lebenslinie ist ziemlich zersplittert, aber meine Herzlinie ist sehr stark. Sie kann das Wasser halten.

Eines der schönsten Dinge, die ich jemals gesehen habe, war ein Schweißtropfen, der sich in deinem Schlüsselbein verfing.

Würdest du deine Hände nicht so oft in den Hosentaschen vergraben, wer weiß, vielleicht könntest du auch die Feuchtigkeit spüren …

Warum muß man all die Ammenmärchen in Anspruch nehmen? Immer und immer wieder sich in den Märchenwald begeben? Ungefähr so, in etwa: Wärst du ein Zyklop, und ich wäre ein Zyklop, dann müßten unsere Augen nicht von einem Aug zum andren wandern. Dann müßten deine Augen nicht abschweifen von mir, zu andren Frauen. Und die Pfauenfedern, die du dir umgebunden hast, könnten mich nicht täuschen. Die wären so wie das Filou-Bärtchen meiner imaginierten Freundin in Paris, du weißt schon, die mit dem breiten Lächeln!

Und dann könntest du mir nichts vormachen, und ich würde deine Angst durchschauen, was ich sowieso tu? Aber das erschreckt dich wohl am meisten, nicht wahr, daß ich dich vielleicht durchschaue und trotzdem will?

– Sowas wie mich willst du gebären und aufziehen?
Ja, natürlich, freilich und freiwillig wollte ich es.
– Das kannst du nicht verstehen.

Einen Ring aus Perlmutt.
Das Glitzern eines Saphirs.
Die Zeichnung eines Libellenflügels.

Geraschel einer Katastrophe: verbrennendes Papier. Bäume, die man nicht sieht, weil sie im Nebel stecken. Frauen, die im Dunkeln bleiben. Aschenregen.

Jean-Pierre sagt gar nichts dazu. Auch François enthält sich der Stimme. Meine Großmutter hat inzwischen ein Badezimmer und die Emailschüssel weggeworfen.

Vielleicht könnte ich mit einer der Frauen mein Spiel spielen? Teller, Löffel, Weg und Wald und Haus.

Zerknitterte dunkle Leinenanzüge mag ich gerne.
Und rote Ziegeldächer auch.

Rosarotes Briefpapier hätte ich jetzt gerne. Ameisen würde ich zeichnen und Schneerosen im Regen. Schreiben könnte ich dir nichts. Zerknittern würde ich es noch, das rosa Papier, und dann in einen Umschlag stecken, mit dem Vermerk *air mail,* weil ich nicht weiß, in welchen Lüften du dich gerade befindest.

Wenn ich in den Spiegel schaue, sehe ich mich nicht mehr.
Wie sehen Paradiesvögel aus? Angeschnallt an einem Stuhl, mit metallenen Schienbeinstützen, wie auf einem Bahngeleis? Grelle Scheinwerfer!

Der Heilung der Gefühle steht der Verstand ohnmächtig gegenüber. Ja, er versucht es, mit Schuldzuschiebungen und Rechtfertigungen, er zerlegt bis ins Letzte und analysiert bis ins Kleinste, und dreht sich im Kreis. Hast du einen gebrochenen Mittelfinger, so kannst du den Gips herzeigen, und jeder wird Mitleid haben, ein wenig zumindest.

TÄTERPROFILE

I

Ein großgewachsener, dunkelhaariger Mann, um die Dreißig, in einem indigoblauen Anzug, es könnte sich auch um eine Uniform handeln. Ängstlich.

II

Ein schwarzer Musiker, verheiratet, mit zwei Kindern. Ehefrau vorhanden, das Geld der Schwiegereltern ebenso.

III

Eine Mutter aus Linz, die erst am Montag wieder zur Arbeit muß.

IV

Riesengroßer Lausbub, 35/180, niveauvoll, attraktiv, sucht laszive Dame für gemeinsame Streiche! Deine Bildzuschrift an das PF 308.

OPFERPROFILE

I
Ein großgewachsenes, blondes Mädchen, etwa siebzehn, mit Jeans und Turnschuhen.

II
Eine Nebenfrau, Geliebte eines schwarzen Musikers. Arbeitet als Tanztherapeutin mit Behinderten. Verdient dabei nicht sehr viel.

III
Ein Mann namens Joseph.

IV
Eine Weißrussin mit französischen Vorfahren.

V
Weibliches Raubtier (33) sucht männl. Pendant (35–45). Die Liebe, das „ganz Einlassen" und eine erfüllte Sexualität ist das, wovon sie sich bereitwillig zähmen läßt. Unter 543 an den Verlag.

STRAFAUSMASS

I

Für das 19. Jahrhundert bleibt jedoch festzuhalten, daß das Abtreibungsverbot des Paragraphen 218 in der Fassung von 1871 seinen Zweck nicht erfüllt hat. Weder die Gesetzgebung noch die ärztliche Wissenschaft hatten es vermocht, der überwiegenden Illegalität der Abtreibungspraxis Einhalt zu gebieten. Zwischen dem Bewußtsein und dem Verhalten der Bevölkerung und der Gesetzgebung hat immer eine unüberbrückbare Kluft bestanden.

Preußen, 19. Jahrhundert, Zitat aus: Robert Jütte, Hrsg.: Geschichte der Abtreibung. Von der Antike bis zur Gegenwart. München: Beck 1993

II

Das deutsche Strafrecht gilt, unabhängig vom Recht des Tatorts, für folgende Taten, die im Ausland begangen werden: 9. Abbruch der Schwangerschaft (§ 218), wenn *der Täter* zur Zeit der Tat Deutscher ist und seine Lebensgrundlage im räumlichen Geltungsbereich dieses Gesetzes hat.

Bonn, Zitat aus dem Strafgesetzbuch, Paragraph 5, ab 3. Oktober 1990

Mir genügen die Fotos, die ich mache.

Ich brauche kein Kind, um glücklich zu sein. Ich weiß, daß mich alle schief anschauen, bin ich doch schon bald an die Vierzig, und immer noch unverheiratet und kinderlos. Es ist nicht die herkömmliche Angst vor einem Umsturz in meinem Leben, die Angst der Intellektuellen, alle Freiheiten aufgeben zu müssen, einzubüßen, nicht mehr reisen oder arbeiten zu können oder junge Liebhaber zu haben, zum Beispiel. Das wollen sie mir alle in die Schuhe schieben. Sie denken auch, daß ich feige bin, davonlaufe, meine Jugend verlängern will und der Verantwortung aus dem Weg gehe. „Warum magst du keine Kinder?“ fragen sie mich, und auch wenn ich ihnen entgegne: „Ich mag doch Kinder, sogar sehr“, glauben sie mir das nicht. Ganz einfach deswegen, weil ich keine eigenen habe.

„Aber denkst du denn nicht“, hat meine Freundin Theres, die inzwischen zwei Kinder hat, einmal gesagt, „daß gerade wir Kinder kriegen sollten und es nicht nur dem Pöbel überlassen.“ Theres ist Malerin und hat seit vier Jahren nichts mehr gemalt. Ihr Mann ist Filmemacher und arbeitet inzwischen für RTL.

Ich unterstelle Theres nicht, daß sie ihr erstes Kind bekommen hat, um Georg fester an sich zu binden. Ich unterstelle ihr nicht, daß sie das zweite bekommen hat, um es als Konfliktlösungsinstanz, als neuerlichen Kittversuch ihrer zerrütteten Ehe zu mißbrauchen. Ich unterstelle ihr nicht, daß sie zusehr auf Georg fixiert war, wegen Georg Freundschaften, zum Beispiel auch zu mir, aufgegeben hat, beziehungsweise mich einige Zeit lang nur angerufen hat, wenn es ihr schlecht ging. Ich unterstelle ihr nicht, daß sie mit ihrer Malerei an eine Grenze gestoßen ist, die für sie unüberwindlich erschien.

Frauenfreundschaften halten ganz selten länger als bis zu dem Zeitpunkt, „wo eine von beiden zu einem Mann überläuft“ und sich davon, von ihm, dem Verliebtsein, mit Haut und Haar, ganz und gar und ausschließlich gefangennehmen läßt. Und sie enden sehr oft mit der Geburt des ersten Kindes. Ab sofort gehörst du nicht mehr zur Familie, es sei denn du würdest erwägen, Mitglied im Club zu werden. Tust du es nicht, ist dein Spiegelbild nicht mehr erwünscht.

Ich unterstelle Theres nicht, daß sie manchmal neidisch auf mich ist. Ich denke eher, daß sie denkt, ich wäre neidisch auf sie. Seit der Geburt ihres zweiten Kindes ruft sie mich nicht mehr an. „Nichts ist so weich zu meinem Baby, außer Baby-Dry-Plus, und ich.“

Ich sehe mir die Frauen in diesem Halbkreis an und versuche mir Geschichten zu ihnen auszudenken. Ich würde sie gerne fotografieren.

Da ist Carolyn, die erste, die in die Kabine darf. Klar, sie ist die Jüngste. Gar nicht klar, warum ausgerechnet sie die erste sein sollte und es auch ist und darf … Sie sieht uns verächtlich an. Sie sieht uns überlegen an. Was denkt sie? Ich bin siebzehn, und ihr um einiges älter, warum habt ihr das notwendig, abtreiben zu gehen? Sie sieht mich kurz an, bevor sie sich ihren Wäschekorb schnappt und den Vorhang hinter sich zuzieht. Mädchen, denke ich mir, ich war auch einmal so arrogant wie du. Ich habe mir immer, sehr lange eingebildet, irgendwann einmal, wenn es paßt, was auch immer das heißen mag, einen befriedigenden, guten Job und Geld zu haben, den Mann meines Lebens getroffen zu haben, oder sonstwas undsoweiter oder alles zusammen, blablabla, jedenfalls ein Kind kriegen wollen und es auch tun und austragen, nämlich genau dann, wenn es mir paßt. Und was denkst du dir, wenn du mich siehst:

So willst du nicht enden, wie ich, oder was? Du täuscht dich, meine Kleine, denke ich, und bemerke im selben Moment, daß wir beide arrogant sind, sie genauso wie ich.

Welchen Zugang haben Mädchen ihres Alters zur Sexualität? Im Unterschied zu ihr wurden ich und Frauen meiner Generation erst Mitte zwanzig mit Aids konfrontiert, sie wuchs praktisch damit auf. Und wie stehen die Burschen dazu? Unverbindliche Beziehungen wird es wohl weniger geben, zumindest die Mädchen werden darauf schauen, oder nicht? Ich habe allerdings auch einen Bericht im Fernsehen gesehen, in dem vor allem Jungs das Thema ziemlich schroff von sich gewiesen haben, es betreffe sie nicht, denn sie wären ja jung und ließen sich nicht mit Junkies oder Prostituierten ein. Sie würden es also auch lieber ohne Gummi machen, selbst bei einem One-night-stand, sie sähen sich die Mädchen jedoch genau an und sie würden schon spüren, wenn mit ihnen etwas nicht stimmt ... Die Arroganz der Jugend?

Vielleicht bin ich zu unverbindlich für meine Geliebten und Bekannten, zumindest was das Kinderkriegen betrifft. Oftmals geben sie mir das Gefühl, in einer *Sie-ist-noch-nicht-soweit*-Zeit zu leben. Zumindest scheine ich ihnen suspekt. Zu burschikos oder zu mädchenhaft. Eines oder beides von beiden. Und das erinnert mich an meine Pubertät. Damals hatte ich auch das Gefühl, „dazwischen zu stehen", weder den einen noch den anderen gefallen zu können. Wild wie ein Bub, zu wild für die Buben, und zu wild auch für die Eltern, zu mädchenhaft und kindisch vielleicht für die Frauen, nicht ernsthaft genug, wenig aufopfernd und mütterlich liebend. Ich mag und kann nicht mitreden, bis heute nicht, bei gewissen Gesprächsthemen, wenn es um die richtige Kindererziehung geht oder um den geeigneten Zeitpunkt, die Kinder in die Klavierstunde oder zum Tennis zu schicken, ich bin ignorant, was das betrifft, egozentrisch und verantwortungslos, es interessiert mich nicht!

Du weißt ja gar nicht, was dir abgeht oder fehlt, sagen sie. Aber ihr wißt es, wie fein! Klärt mich auf!

Und da ist die junge Türkin. Sie kann nicht älter als zwanzig sein. Ihre Schwester hat ihr alles erklärt, gedolmetscht. Sie geht nach Carolyn in die zweite Kabine, wickelt ihr Kopftuch vom Kopf, ihr Kleid vom Körper. Sie ist sehr schnell, noch vor Carolyn verläßt sie wieder die Kabine, sieht uns alle nicht an, vermeidet den Blickkontakt, stiert auf den Boden und setzt sich wieder auf den orangefarbigen Klappsessel. Sie hat ihr Hemd falschherum angezogen, vorne zugebunden, eine Schleife trägt sie somit an ihrem Hals, anstatt im Nacken, ihre dunklen Beine sind stark behaart, während sie von der Kabine zu ihrem Sessel geht, bemüht sie sich mit den Händen den klaffenden Schlitz vor ihren Schenkeln zuzuhalten.

Tristana, Buñuels Figur aus dem Film, ist mir sehr vertraut. – Die Freiheit, die ich meine, ist meinen Bekannten verdächtig. Diese Freiheit, Mädchen, die du meinst, haben mich meine Eltern bereits gewarnt, führt dazu Freiwild zu werden, paß ja auf! Freiheit ist gleich Freiwild ist gleich Straßenmädchen.

Die Mutter aus Linz geht in die Kabine, aus der die junge Türkin soeben herausgekommen ist.

Vielleicht existiert auch heute noch ein gewisses Denken in so manchen Köpfen, daß da unterscheidet und befindet, daß es ja eigentlich sowieso, wie man es dreht oder wendet, bloß zweierlei Arten von Frauen gibt: die Mütter und die Huren. Der absoluten Dirne liegt nur am Manne, wie Weininger schon wußte, und der absoluten Mutter kann in Folge nur am Kinde gelegen sein. Die Dirne ist das Weib, das allen Männern gefallen will, und die Mutter wird Mutter von jedem Mann.

„Willst du nicht endlich einmal etwas Ernsthaftes beginnen?“ hat mich meine Freundin Theres gefragt, als ich ihr von einer neuen Liebschaft erzählt habe. Was meint sie mit *ernsthaft*, eine Familie gründen?

Die Mutter empfindet den Koitus nicht weniger, sondern anders als die Prostituierte. Die Dirne will nicht wie die Mutter ihr Dasein erhöht und gesteigert fühlen, wenn sie den Koitus hinter sich gebracht: sie will vielmehr im Koitus als Realität verschwinden, zermalmt, vernichtet, zu nichts, bewußtlos gemacht werden vor Wollust. DER SCHREI DER MUTTER IST DARUM EIN KURZER, MIT SCHNELLEM SCHLUSS, DER DER PROSTITUIERTEN IST LANGGEZOGEN, also Männer, gebt Acht: falls ich langgezogen schreie, dann wißt ihr Bescheid, DENN alles Leben, das sie hat und will, will sie in diesem Moment konzentriert, zusammengedrängt wissen. Weil ihr dies nie gelingen kann, darum wird die Prostituierte in ihrem ganzen Leben nie befriedigt werden, niemals und von niemandem, von allen Männern der Welt nicht, schau an! Weiningers Sympathie, wenn man bei ihm Frauen gegenüber überhaupt davon sprechen kann, galt trotz alledem eher mir, der Prostituierten, die Mütter erschienen ihm doch intellektuell zu tiefstehend, und er zog Prostituierte und mich als Musen vor.

Carolyn sieht sich im Spiegel, sie hört, daß in der Nebenkabine inzwischen die nächste, eine nächste Nebenfrau eingetreten ist, ist es Daniela?, wie ist die Reihenfolge?, die sind doch alle nur neidisch!, sie ist eigentlich fertig, hat alles im Wäschekorb verstaut, „dies ist meine Art, die Babies zu begrüßen, weiße Wäsche“, sagt die Kinderkrankenschwester, fein säuberlich, und eins über dem andren, sodaß sie dann, wenn sie sich wieder umziehen kann und wenn alles vorbei ist, den Slip oben, dann das T-Shirt, die Jeans, die Turnschuhe zwängt sie jetzt noch unten dazwischen, und zieht sich die Plastiksocken an.

Sie tun alle so, als ob ich ein Monster wäre, unnatürlich, sagen sie, das ist doch unnatürlich. Jede Frau spürt in sich, wenn es oder sie soweit, die Natur und den natürlichen Wunsch nach einem Kind. Das Tier und der Trieb. Das Muttertier und der Muttertrieb, oder was? Wer ist hier das Tier, die Bestie, sie oder ich? Theres? Theres fällt mir schon wieder ein, Theres, die mir vorgeschwärmt hat, „wie toll es ist, sein Ego aufzugeben", und meint damit, ihr Ego aufzugeben um seinetwillen, und des Babys und des zweiten und dritten willen, ich hätte sie nicht zurückgerufen, hat sie mir vorgeworfen, als es ihr wieder einmal schlecht ging, ich kann nichts dafür: Ihre Stimme war zu leise, alsdaß mein Anrufbeantworter sie noch wahr- oder aufnehmen hätte können.

Wunderbar, das Ego zurückzulassen und die Stimme zu verlieren, nicht wahr?

Carolyn überläßt die Kabine Christine.

Kann ich Stimmen zurückrufen oder verlieren, Stimmen hören oder überhören, oder beides, all das was die ... wieso leise? Stimmen, die dermaßen laut, von überall, rund um mich herum auf mich eindröhnen. Katholen vor dem Fenster, Mediziner und Klatschtanten und Kinderkrankenschwestern, und SCHWESTERN, DIE SICH AUS DEM FENSTER, IN DEN HOF BEUGEN, ÜBER MIR, ÜBER MICH, DIE SIND DOCH ALLE WAHNSINNIG, ich werd' noch verrückt, diese Frauen rundherum, die machen mich verrückt ...! Was ist so erschreckend an einer Frau, die keinen Mann und keine Kinder braucht? Ja was nun, keine Kinder oder auch keinen Mann? Oder hängt das zusammen? Bist du eine Nonne, und hast du entsagt, in diesem Leben

Erotik zu genießen, so wird dir doch versprochen, hast du es gut, daß du es im Jenseits hast und oder auch und wieder sein darfst, falls du nicht sowieso in deiner Klosterzelle dir selber Spaß machst, aber es sei: BIST JA GEMAHLIN JESU UND SOMIT SEINE BRAUT, wie auch immer.

Mutter Teresa ist gestorben. Ein paar Tage nach Lady Di. Die Königin der Herzen und die kleine Frau mit dem großen Herzen sind tot.

Theres war immer eine Abtreibungsgegnerin. „Was soll aus dieser Welt werden“, hat sie gesagt, „solange Mütter ihre eigenen Kinder umbringen.“

Und was soll aus dieser Welt werden, solange Mütter Söhne gebären, die sie dann in den Krieg oder auf die Straße zum Betteln schicken? – Die kleine Frau mit dem großen Herzen hatte kein Mitleid für Frauen, die abtrieben. Die kleine Frau mit dem großen Herzen hatte niemals Sex, aber, wie ich vermute, sie brauchte ihn auch nicht, das glaube ich ihr sogar.

Sexualität? Wozu? Lust und oder Genuß? Fortpflanzung? Meine Lust oder deine Lust? Was will ich, wenn ich mich mit dir vereinige?

Es gibt wahrscheinlich tausend Gründe, warum ein Mann mit einer Frau schläft. Und umgekehrt. Du kannst Kinder machen wollen oder deine Aggressionen loswerden wollen, dir Erleichterung verschaffen, die Spannung suchen und das Abenteuer, Verletzungen sogar, du kannst es als Sport betrachten und deine Übungen vollführen, Beckensprünge und Sexualtrainingsprogramm, du kannst Yoga machen dabei und zerfließen, abdriften, dich verströmen, auflösen, dir kann nur an der eigenen Befriedigung und Lust liegen oder vorrangig daran, dem Partner zu gefallen, du kannst deine Macht austesten und manipulieren, oder nur einen schönen Abend genießen wollen, ohne viel darüber nachzudenken, der Wein schmeckt gut und die Musik gefällt dir auch, und eigentlich hat dir dieser Mann auch schon immer gefallen, du hast es bis jetzt bloß nicht bemerkt, und noch vieles und andere mehr.

Christine läutete zuerst unten, am Tor, er antwortete mit einer hellen, hellwachen Stimme, „Ja ...?" und aus irgendeinem Grund antwortete sie nicht, war beschämt, weil sie ihm mißtraute, kehrte beinahe um, dann läutete sie bei einer anderen Nummer, und die ließ sie rein, sie schlich die Treppen bis zum dritten Stock hinauf, langsam, sehr langsam, tief ein- und ausatmend, stand schließlich vor seiner Tür, setzte sich auf den Boden. Hörte leise Stimmen, von zwei Menschen, Mann und Frau. Seine kannte sie: „Mach' dir nichts draus ..." und die andere nicht, ein Kichern. Sie wollte umkehren, die Antwort hatte sie bereits, doch dann ging es um mehr.

„Warum macht dir der Sex soviel Spaß", hatte er sie gefragt. Sie war erstaunt, wegen dieser Frage, klang sie doch fast wie ein Vorwurf. Weil ich dich liebe, hat sie bei sich gedacht, und ihrer großen Liebe geantwortet: „Weil es eine Feierlichkeit ist, ein großes gemeinsames Fest der Lebendigkeit und der Energie ..."

Es ist seltsam, daß sie vor allem an ihn denken muß, an ihn und nicht an Peter, mit dem sie zusammen ist. Denkt sie an ihn und an den Schmerz, den sie damals erlitten hat, weil der um einiges größer war als der, den sie jetzt empfindet? Empfindet sie eigentlich Schmerz, oder ist das, was ihr momentan passiert, bloß eine äußerst unangenehme und unvermeidbare Sache, die sie so schnell wie möglich hinter sich bringen muß?

Sexualität sollte aus dem Beruf herausgehalten werden, tüchtig!, tüchtig!, niemals mit Angestellten oder Kollegen schlafen!, und wenn du aus dem Haus gehst, dann zieh' dich züchtig an! Bedecke dein Dekolleté! Bekannte wollen dich ernsthaft, auch im Geschäft, und sei es das Kunstgeschäft. Sie wollen keine Konkurrentin, die ihnen die Männer wegnimmt. Sie wollen niemanden, der mehr Zeit als sie selbst für Kunst aufwendet. Sie wollen keine Nutten. Bist du eine Nonne oder eine Nutte? Oder gar lesbisch, okay: soll sein, dann werd' wenigstens lesbisch, das sehn' wir noch ein!

Carolyn wird abgeholt.

Was ist das für ein Geräusch, ein Staubsauger?, und wo steht der Kübel?

Die Vakuumaspiration zur Entleerung des Uterus ist die Methode der Wahl zum Abbruch einer Schwangerschaft von der fünften bis zur vierzehnten Schwangerschaftswoche. Vor Beginn des Eingriffs muß sowohl manuell als auch mittels Ultraschall der gravide Uterus exakt untersucht werden. Nach Vulva- und Scheidendesinfektion wird die Sondenlänge des Uterus festgestellt. Das Absaugrohr wird in das Cavum uteri eingeführt. Es ist mit einer elektronischen Pumpe verbunden, die einen konstanten Unterdruck von Nullkommaacht Atü erzeugt. Mit diesem Unterdruck wird das Rohr vom Fundus zur Zervix in Achtertouren heruntergeführt. In Nullkommanichts.

$5 - 14 = -9$

$0,8 + 8 = 0,0$

Christine nestelt am Zippverschluß ihres Kleides. Das blöde Ding klemmt. Wenn Peter nur hier wäre! „Mach dir nichts draus", würde er sagen, „sieh es als Geschwür an, das man entfernen muß."

Bei dieser Übung hat der Partner die Aufgabe, die Ausgangsposition zu sichern. In der Seitenlage werden die Beine in leichte Schrittstellung gebracht, das Kniegelenk des vorgestellten Beines ist ein wenig gebeugt.

Wer ist Schuld an der sinkenden Geburtenrate hierzulande? Und wie steht es mit den alleinerziehenden Müttern? Werden ihnen nicht Rechte, die sie bereits gehabt haben, wieder weggenommen? Ja, okay: solange du mit einem dicken Bauch herumrennst, kriegst du ein freundliches Lächeln von Unbekannten auf der Straße, auch ohne Mann, aufmunternde und zustimmende Blicke von Leuten, die eigentlich keine Rolle in deinem Leben spielen, aber dann, sobald du es hast, werden Fragen aufgeworfen, was, ein braunes Baby?, fragen deine Eltern, deine Nachbarn, und wo ist der Vater?, und mit Unterstützungen wird gespart.

Daniela geht in die Kabine. In ihren Augen steht Wasser. Sie zittert.

Mizugo bedeutet im Japanischen Wasserbaby. Es steht für das noch im Mutterwasser abgetriebene, abgezogene, noch nicht sehende Baby. Sie könnte alles noch rückgängig machen, sie könnte sagen, daß sie es sich anders überlegt hat. Rote Augen hat es, mein Baby, mein noch nicht sehendes Baby, rot reimt sich auf tot. Diese Kabine ist verdammt klein, irgendwie ist es eine verdammte Frechheit, die Frauen, uns hier so lange herumsitzen zu lassen in unseren durchsichtigen Papiernachthemden. In diesem engen Kreis, auf diesen scheußlich orangen Klappsesseln, wo eine über die andere stolpert, kein Betreuungsorgan mehr in Sicht, zwei Ärzte, männlich, in weißen Kitteln und mit groben, grobschlächtig behaarten Händen, die sich uns vorgestellt haben, lässig an die Kabinenwand gelehnt, auf uns herabschauend. Klar, für die ist das Routine, aber für mich nicht! Ich könnte einfach umfallen, ohnmächtig werden, mein Kreislauf hat versagt … Es gibt auch andere Abtreibungskliniken, wo die Betreuung vielleicht persönlicher ist, oder du kannst es privat, in einer privaten Arztpraxis machen lassen, aber das kostet natürlich mehr. Mir ist schwindelig. Mir dreht sich alles. Ich muß mich setzen ...

„Black and white, chocolate and milk ...“ – Die Vereinigung der größtmöglichen Gegensätze, hatte er ihr erklärt, das ist es, was Liebende suchen.

Es gibt in Japan auch Tempel, in denen die Japanerinnen Kindersöckchen, Babyspielzeug und Ähnliches auf den Altar legen, um somit ihr schlechtes Gewissen zu beruhigen und gleichzeitig ihre Schuld einzugestehen.

Die junge Türkin wird abgeholt.

Bei angehakter Portio und hierdurch gestrecktem Uterus wird der Dehnungsstift mit sanftem Druck in Richtung auf den inneren Muttermund vorgeschoben. Zu beachten ist hierbei, daß der innere Muttermund mit größerer Kraft gedehnt werden muß als die vordere Zervixpartie. Es empfiehlt sich, die Zervix um 0,5 mm über den Durchmesser des Absaugrohrs hinaus zu dehnen. Da die Dilatation der Zervix zu erheblichen Dehnungsschmerzen führt, wird dieser Eingriff grundsätzlich in Anästhesie durchgeführt.

Christine kommt aus der Kabine. Ich bin dran.

Ich werde meine Konsequenz daraus ziehen. Da meine Periode im vergangenen Jahr ziemlich unregelmäßig verlaufen, bisweilen überhaupt ausgeblieben ist, bin ich unvorsichtig geworden. Vorsicht ist die Mutter der Porzellankiste, nicht wahr, und obwohl mir das Material Porzellan noch nie besonders gefallen hat, ich mag weder Porzellanteller noch Porzellanpüppchen, werde ich mir anschließend an die Operation die Spirale einsetzen lassen, auch wenn mir der Gedanke daran nicht sonderlich behagt.

Ich schäme mich für meine Abtreibungen.

Die Rechtfertigungen gehen mir aus. Ja, die beiden ersten waren leichter zu verkraften, ich war noch jung. Ich war in der Ausbildung, und der Mann, besser Junge, mit dem ich damals zusammen war, genauso unreif wie ich. Die beiden nächsten Male waren wieder Unfälle, das erste Mal ist es in der Pillenpause passiert, das zweite Mal der Gummi gerissen. Beide Male mit den falschen Männern. Soviele Zufälle, Unfälle? Ich hasse mich für meine Selbstbezichtigungen.

Diesmal, auch wenn der Mann wieder nicht der richtige gewesen wäre, hätte ich es kriegen wollen. Auch ohne ihn. Acht von zehn Männern reagieren im ersten Augenblick erschrocken, kriegen es mit der Angst zu tun, das wird dir jede Mutter bestätigen: „Ach ja, der Papa, die ersten zwei Wochen hat er nichts mit mir geredet, als ich ihm erzählt habe, daß ich schwanger bin", das ist eben so bei den Männern, die können sich nicht so richtig hineinversetzen, ist ja auch nicht ihr Körper, in dem etwas vor sich geht, muß man verstehen, mußt ihnen Zeit geben, meist realisieren sie erst nach der Geburt, oder ein paar Wochen nach der Geburt, was passiert ist, das ist eben so, sollte dich nicht verletzen. Wirst sehen, er ist dann ganz schnell drinnen in seiner Rolle, er braucht halt sichtbare Tatsachen, weißt du, so ein warmes, weiches Babybündel, damit kann er erst was anfangen ...

Ich hätte es auch kriegen wollen, wenn er sich ganz und gar distanziert hätte, ich habe nicht einmal Blumen in meiner Wohnung!, und sowas wie mich willst du lieben und aufziehen?, ich hätte es kriegen wollen, wenn er sich niemals, auch zwei Wochen oder Monate nach der Geburt nicht hätte hineinbegeben wollen in seine Rolle.

Warum passiert mir dann, was mir gerade passiert? Weil ich es überzogen habe, meinem Körper schon zuviel angetan habe? Nachweise eines Zusammenhanges zwischen sekundärer Sterilität oder Störungen im Verlauf späterer Schwangerschaften nach einem vorangegangen Abbruch gibt es nicht. Komplikationen, die später als acht Wochen nach dem Eingriff auftreten, sind nicht unbedingt dem Schwangerschaftsabbruch zuzuordnen. Die Zusammenhänge sind zu komplex. Und daher statistisch nicht nachweisbar. Ich hasse mich für meine Schuldzuweisungen und für mein Selbstmitleid.

Ich beiße mir ständig die Lippen auf. Wenn einmal so ein Hautfetzchen wegsteht, an der Unterlippe, dann knabbere ich daran, fahre mit meiner Zungenspitze bis ans Ende des Fetzchens, stülpe Oberlippe und Zähne darüber und ziehe, reiße, trenne es ab. Warmes Blut quillt nach.

Sei nicht so zimperlich, wehleidiges Frauchen! Fünf Abtreibungen sind gar nichts im Vergleich zu den Frauen in Rußland zum Beispiel. Sieben ist der Durchschnitt. Sieben Mal Einschnitt, und nicht immer mit Narkose, da mußt du extra zahlen, die Ärzte oder Schwestern bestechen, die brauchen auch ihr Trinkgeld! Unter erbärmlichen Wohnverhältnissen, zur Arbeit gezwungen, weil ein Verdiener allein nicht reicht, nicht reich, verzichten sie auf Kinder. Besonders Mädchen unter achtzehn Jahren erkaufen sich für zwei Wochenlöhne ihren Frieden bei den Babuschkas, illegalen Engelmacherinnen oder unterbezahlten Ärzten, die Anonymität garantieren und keine Einverständniserklärung der Eltern verlangen. Natascha Muchina wohnt mit Mann und Kind auf sechzehn Quadratmetern einer Gemeinschaftswohnung mit sechs anderen Parteien. Für neunzehn Bewohner gibt es eine Toilette, kein Bad, keine Dusche. – „Willst du ein Attest?“ wird sie gefragt. „Nein“, sagt sie, denn dann könnte sie morgen nicht arbeiten gehen. – „Was sind fünf Minuten Schmerz“, sagt Natascha

Muchina in einem Interview im SPIEGEL, „in einem Leben voller Demütigungen."

Engel schwebten über dem Bett meiner Großmutter. Hellrosa nackte Kinderkörper mit Flügeln, im Wolkenhimmel überm Wolkenbett. Was macht Kinder zu Engeln, habe ich meine Großmutter gefragt, und ihr die Antwort vorweggenommen, ich wußte sie ja, Flügel, nicht wahr, so wie die Ratten mit Flügeln zu Fledermäusen werden, in der Höhle, im Dunkeln, in der Nacht. Ich war stolz auf meine Erkenntnis.

Meine Fingernägel sind sehr lang, ich feile sie, das gefällt mir, lange Fingernägel. Ich kratze, verletze mich jedoch ständig selbst. Unbewußt fahre ich mir über die Stirn, über die Lippen, die Haut, und bekomme Cuts, like fighting with cats. Katzen haben sieben Leben. Wieviele habe ich?

Lick my ass, verfluchter Fucker, auf allen Vieren wirst du noch angekrochen kommen, falls ich das Kind alleine kriege und du es danach sehen willst! Danach, nachher, nachdem ich das alles alleine durchgestanden habe, fick dich ins Knie, nie, nie wirst du es zu Gesicht bekommen! Fuck off, verdammter Fucker!

Nachher, wenn alles vorbei ist, wirst du erleichtert sein. Es geht nur um fünf Minuten, verstehst du, du wirst es schaffen, dich umzuziehen, ohne zu zittern, du wirst deine Kleider in den Wäschekorb legen und aus der Kabine, ohne zu zittern, zum Sessel gehen und dich setzen. Es wird nur mehr eine Frau draußen sitzen, und wenn die aufgerufen wird, dann kannst du zu zählen beginnen, sie wird in den Operationssaal gehen und sich auf die Liege legen und der Arzt wird ihr das Narkosemittel spritzen, und dann dauert es fünf Minuten, bis sie wieder hinausgerollt wird, und dann wirst du geholt ...

Was glaubst du denn, wer ich bin? All das, was sie uns Frauen als Erleichterung und Hilfen verkaufen wollen, Scheißpillen und alles mögliche Zeug, und, heutzutage, wenn alles andere nicht mehr geht, gibt's zumindest die Abtreibung, legal, egal: euch Typen berührt das wenig. Aber wir sind selber schuld, wir Frauen, wenn wir mit euch nach wie vor ins Bett steigen, egal ob ihr verheiratet seid, denn ihr liebt ja nur uns, die Geliebten, zuhaus läuft schon länger nichts mehr, wir haben ja auch den längeren Schrei, nicht wahr, den ihr vermißt?

Das haben wir davon, wir Nutten, wenn wir euch glauben, wenn wir euch verstehen, und es sogar noch als Liebesbeweis sehen, daß ihr mit Gummi nicht könnt, mehr Fleisch!, ich will dich spüren!, zuhaus kriegt ihr das nicht, und auch sonstwo eher selten …

Und wenn alles vorbei ist, dann wirst du aufwachen in einem Bett, Sie werden dann von einer Schwester betreut werden und von einem Arzt, der noch einmal zur Kontrolle vorbeikommen wird, sobald Sie sich stark genug fühlen, wird Ihnen die Schwester helfen aufzustehen und in die Kabine zu gehen, passen Sie bitte auf, die zwischen Ihren Schenkeln eingeklemmte Binde nicht zu verlieren!, vorher wird man Ihnen noch die Kanüle des Narkosemittels entfernen, ein Pflaster draufkleben, dann dürfen Sie in die Kabine gehen, die Schwester wird Sie stützen!, wo Sie Ihren Wäschekorb vorfinden, mit Ihren Kleidern, setzen Sie sich dann vorsichtig auf den Sessel, es gibt auch ein Waschbecken, in dem Sie sich waschen können, und versuchen Sie sich anzuziehen, ohne zu zittern. Dann setzt du dich in den Aufenthaltsraum, und wirst Tee oder Kaffee trinken und Zwieback und Kekse essen, die Schwestern werden dich noch beobachten eine Weile, ob du auch okay bist, und wenn du dich stark genug fühlst, dann mußt du nur noch ein Formular unterschreiben und kannst gehen.

Geh doch zu einer Nutte, verdammter Motherfucker! Zahl dafür! Erzähl ihr von deinen Problemen und laß dir einen lutschen, mit Kondom! Scheiße!

Und dann wollen mir diese Frauen zwischen fünfzig und sechzig, die meine Mütter sein könnten, weismachen, daß ich es ihnen oder meiner Mutter oder meinen Eltern schuldig bin, auch ein Kind in die Welt zu setzten, A TRIBUTE TO MY PARENTS!, sie wünschen sich doch alle einen Enkel, inzwischen gehen die Männer dieser Frauen fremd, nur die Kinder haben sie zusammengehalten!, oder sie sind tough genug, selber fremd zu gehen, alles eine Sache des Arrangements!, alles Scheiße! Fuck!

Die anderen Frauen werden auch wieder dasitzen, und es mehr oder weniger gut überstanden haben. Sie werden dir wieder nicht in die Augen schauen, den Blickkontakt vermeiden oder auf den Boden oder auf die Tasse Tee starren, sie werden alle so schnell wie möglich wieder draußen sein wollen, Carolyn wird vielleicht etwas überdreht sein, wegen der Narkose, Christine kann es nicht erwarten Peter zu sehen, er wird sie verwöhnen, Daniela wird weinen und sich später bei einem Joint von ihrer Freundin den Rücken massieren lassen, die Mutter aus Linz wird erst am Montag wieder zur Arbeit müssen, die junge Türkin wird sich wieder ihr Kleid um den Leib und ihr Tuch um den Kopf gewickelt haben, und Gudrun und ich.

VXORI · OPTIMAE

Am 30. Dezember betrat ein schwarzgekleideter Mann die Abtreibungsklinik Preterm, Massachusetts, „In Jesus name", sagte er, zog eine Pistole aus dem Plastiksack und erschoß die Rezeptionistin und verletzte drei weitere Frauen schwer. Danach fuhr er zur 300 m entfernten PLANNED-PARENTHOOD-Klinik, wo er ebenfalls die Rezeptionistin erschoß und zwei weitere Frauen verletzte.

THE ARMY OF GOD, ein Handbuch für Abtreibungsgegner, beschreibt, welche Strategien im Kampf gegen Abtreibung zu empfehlen sind. Darin heißt es unter anderem: „Angenommen du hast drei Monate zu leben – wenn du in verschiedenen Städten mit Hilfe von Fackeln über elf Wochen jeden Tag zwei Mitglieder überstellst, dann ergibt das siebenundsiebzig zerstörte Todescamps."

3 = 11 x 2 = 77

Einige Frauen beugen sich aus dem Fenster, zwei Schwestern und fünf Patientinnen beugen sich aus den Fenstern über dem Aufenthaltsraum, in dem Natascha bald sitzen wird, sie beugen sich aus dem weißen Warteraum mit dem schwarz/weißen Siebdruck in den Hof, es regnet, die Dachschindeln des benachbarten Hauses glänzen leicht.

Drei Ärzte wurden erschossen. David C. Trosch, ein von der Kirche ausgeschlossener katholischer Priester aus Oklahoma in seiner Stellungnahme: „All jene, die in der Kriegszone arbeiten, müssen davon ausgehen, daß sie vom Krieg betroffen sind."

„Wir sind im Krieg", beschreibt Don Treshman, Direktor der Operation Rescue, die Situation. „Bis jetzt hat primär eine Seite Opfer verzeichnet: Dreißig Millionen getöteter Babies stehen fünf getötete Menschen gegenüber. Also ich verstehe nicht, warum sich da jemand aufregt."

30 : 5 = 0

Trotz guter psychischer Vorbereitung und entsprechender technischer Durchführung des Schwangerschaftsabbruchs können nach dem Abbruch psychische Störungen auftreten. Innere Verunsicherung, Störungen des Gleichgewichts, Trauer und Labilität sind normale Reaktionen. Sie beruhen sowohl auf der psychischen Beteiligung nach dem Eingriff als auch auf hormonellen Umstellungsproblemen.

Auch ein Nebeneinander von Erleichterung und Schuldgefühlen ist möglich. Bestrafungsängste und Zweifel sind ebenfalls nicht ausgeschlossen.

Die Erfahrungen zeigen, daß besonders ambivalente Frauen, die einen Abbruch aus Gewissensgründen ablehnen, und Frauen, die in belastenden Lebenssituationen stehen, den Abbruch konfliktbetonter erleben.

Die Berücksichtigung der Erlebnisanteile bei der Durchführung des Abbruchs hat eine Bedeutung für die Verarbeitung des Eingriffs und ist zweifelsohne Prophylaxe für das Auftreten späterer Störungen.

„Anzeichen für eine mögliche Fehlgeburt ... Sie können auch abwarten ... das zahlt dann die Krankenkassa ... Und wenn Sie es doch bekommen wollen und es nicht abgeht, wenn Sie es doch nicht verlieren, dann ist Bettruhe angesagt, die nächsten Monate, Sie müßten vor allem liegen und sich schonen, und Sie müssen mit Behinderungen rechnen, das ist zwar nicht definitiv, aber Sie müssen damit rechnen, verstehen Sie mich?“

Sieben ist der Durchschnitt.

III LEERE KABINE

Der Ballsaal ist leer, die Tür wird geschlossen. Das Fest ist vorbei. Madame sollte sich umziehen, in der dafür vorgesehenen Kabine. Das Ballkleid gegen ein mausgraues Kostüm eintauschen. Die Stöckelschuhe abstreifen, in die Pumps mit den niedrigen Absätzen schlüpfen.

Sie wählt zwei Kleider aus, ein dunkelblaues und ein schwarzes. Beide mit hochgeschlossenen Krägen. Der Tanz ist vorbei. Die Kleiderbügel sind aus billigem Metall. Ihr Büstenhalter sitzt eng. Ihre Miederhose platzt aus allen Nähten. Die Strapse schmeißt sie in den dafür vorgesehenen Mülleimer.

Sie zieht zuerst das dunkelblaue Kleid an, und dann das schwarze darüber. Sie trennt die Preisschilder ab und gibt sie an der Kasse ab, „ich behalte sie gleich an“, sagt sie und „die Stöckelschuhe können Sie Ihrem Mann geben, falls er daran interessiert ist daraus Champagner zu trinken“, und stellt sie der Verkäuferin auf den Tisch.

Sie zahlt mit Kreditkarte.

Der Mann, mit dem sie geschlafen hatte, stand am Morgen auf und kämmte sein Haar vor dem Waschbecken und sah dabei sehr ernsthaft in den Spiegel, und kämmte sehr lange sein Haar, vor und zurück, versuchte einen Scheitel zu ziehen, was ihm nicht gelang. Er wusch sein Gesicht und vergaß, den Wasserhahn abzudrehen, als er das Zimmer verließ, das kleine Hotelzimmer, das nach einer Jugendherberge aussah, um von unten das Frühstück zu holen. Er dachte wohl, daß sie noch schlief, denn er blickte an ihr vorbei, sie hatte ihn zwischen ihren Ellenbogen hindurch beobachtet. Er ließ das Wasser laufen, und es lief sehr stark, es plätscherte laut und spritzte gegen die Wand, er hatte es nicht bemerkt, er wollte die Nacht und ihre Geräusche, ihr Fließen verlängern und vergaß, daß ihnen das nicht erlaubt war, weil sie es sich schon im vorhinein, am Abend zuvor, verboten hatten. Sie stand auf und drehte es ab und sah in einen blinden Spiegel.

Sie dreht noch einmal eine Pirouette vor dem Spiegel, bevor sie das Geschäft verläßt.

H&M hat gute Preise, auch wenn oder gerade weil sie ihre Sachen in den Entwicklungsländern, in der Dritten Welt, fabrizieren lassen. Da sitzen dann die zehnjährigen Mädchen an der Nähmaschine von frühmorgens bis spätabends und versorgen im Anschluß noch ihre kleineren Brüder und Schwestern. Zynismus, hier einzukaufen – aber wo sonst? Ein Maßschneider kostet Unsummen, und Designerwear kann sie sich ebensowenig leisten, sie hat nicht das Geld dafür. Nicht für zwei Kleider wie jene, die sie soeben erstanden hat, aus einer Laune heraus, die für sie Notwendigkeit bedeutet, und die sie morgen wegwerfen wird oder feierlich zerreißen und verbrennen, als Ritual.

Vor dem Geschäft lehnt ein altes Waffenrad ohne Fahrradschloß, auf dessen Sattel noch die heißen Schenkelabdrücke eines zuvor abgestiegenen jungen Mannes kleben. Vielleicht kauft er sich Unterwäsche oder schnell noch ein neongelbes Gilet oder ein knapp sitzendes schwarzes Netz-T-Shirt für das Wochenende, um die Mädchen in der Disco zu beeindrucken. Ein sichtlich betrunkener Blinder sitzt daneben und hält seinen Hut auf. Sie schmeißt ein Zehnerstück hinein, er singt ein Dankeschön.

Vor dem Musikladen bleibt sie stehen und überlegt, ob sie hineingehen soll. Ihr wäre nach Dean Martin und Barbara Streisand zumute, obwohl sie von beiden Platten zuhause hat. Sie hört sich diese Schnulzen nur selten an. Jetzt könnte sie sowas gebrauchen. Sie wird reingehen und sich die Platten oder CDs per Kopfhörer anhören, und, sobald sie davon geheilt ist, schnell wieder flüchten. Sie streift zwischen den Regalen, Kästen und Kisten umher, versucht eine Orientierung zu finden, bevor sie jemand darauf anspricht, ob er ihr helfen könne. Nach Dean Martin zu fragen, wäre ihr dann doch zu peinlich …

Als Teenager war sie ziemlich gut im Plattenstehlen. Sie ging mit einem Plastiksack, in dem sich bereits eine Platte befand, damit die nächste ohne Schwierigkeiten hineingleiten konnte und Halt fand, in die Geschäfte, zog die Platten, die ihr gefielen, heraus und in Nullkommanichts verschwanden sie im mitgebrachten Necessaire. An die fünf Stück hatte sie pro Nachmittag ergattert. Heute sind die Sicherheitsanlagen und Überführungsstrategien andere und nicht mehr so leicht zu durchschauen.

Sie ist bei der Klassik angekommen, die eigentlich gut zu ihrem neuerworbenen Nonnenkostüm paßt, findet sie, obwohl solche Schubladisierungen ja längst überholt sind, man denke nur an diesen Nigel Kennedy oder an Vanessa May. Sie rutscht eben ab und zu in alte Reminiszenzen, in nicht allzu erfreuliche Erinnerungen von Konzerten, zu denen sie ihre Mutter begleiten durfte oder mußte, in einem brav und ordentlich geschnittenen, züchtigen, dunkelblauen Kleid.

Der junge Musiker, den sie in ihre Wohnung eingeladen hatte, auf einen letzten Drink, war zerbrechlich wie handgeschliffenes Glas. Seine Knochen, sein Körperbau fein wie die eines jungen Mädchens. Sein Haar seidig und lang und seine Finger schmal. Gezupfte Zungenküsse und zaghafte Zärtlichkeiten, wie wenn man das erste Mal eine Harfe berührt und von ihren Schwingungen überwältigt wird. Sie mußte ihn wieder wegschicken und seine Violine spielen lassen, ihr Schlagzeugsolo hätte ihn erschlagen.

Damals war sie so und wollte solo bleiben, und heute denkt sie gerne an ihn zurück. Heute wäre es ihr angenehm, jemanden wie ihn kennenzulernen. obwohl, sie ist sich nicht ganz sicher, er wäre wohl zu jung für sie.

Es ist recht angenehm, für kurze Zeit einen unerfahrenen Liebhaber zu haben, weil sie prinzipiell sehr zärtlich sind, aber auf Dauer anstrengend, also eher doch nicht, eigentlich nicht, Spinntisiererei, sie fürchtet für ihn, für sich?, sie könnte die Geduld nicht mehr aufbringen, Lehrerin zu spielen, und sich so den anderen untertan zu machen. Das Abstoßendste, das sie in diesem Zusammenhang von einem Mann, Schauspieler, hat er zumindest behauptet, erfahren hat, sie befand sich wieder einmal spätnachts in einer Bar, zwei Kondome hatte sie eingesteckt für die erste und einzige Hochzeitsnacht, und er war ziemlich betrunken, aber sicherlich ehrlich in seinem Bekenntnis, war nämlich die Tatsache, daß seine eigene Mutter seine Lehrerin gespielt hatte. Mit sechzehn nahm sie ihn an die Brust und zwischen ihre Beine, und hat ihm das Wesen der Frau erklärt, und wie Begierde funktioniert. In diesem Fall ein Segen, daß er bereits betrunken war und ihr das am Bartresen, im vorhinein, erzählt hat, womöglich wäre sie sonst noch mit ihm im Bett gelandet!

Ziemlich abgebrüht, denkt sie, und schlecht, wie sie von sich und den anderen denkt. „Liebe, was ist das?, pah!“ würde sie jetzt, wie aus der Pistole geschossen antworten, falls jemand sie fragen würde, „Irrsinn. Blindheit. Verletzungen, ja!“ Bevor sie komplett durchdreht und in ihren Alp- und Tagträumereien untergeht oder beginnt, fremde, unbescholtene Menschen anzupöbeln, da steht grad einer, der wäre wie geschaffen dafür, Nickelbrille und schwarzes Hemd, Student höchstwahrscheinlich, blättert in der Jazzkiste, ahhh, die Intellektuellen, die hat sie schon gefressen!, der sitzt dann beim Konzert mit geschlossenen Augen in der ersten Reihe, zusammen mit den wenigen Auserwählten, Eingeweihten, die das verstehen, und zuckt zwischendurch bedeutungsvoll mit der einen Schulter und wippt gelassen mit dem übrigen, übergeschlagenen Bein, Friiitschääászz, waahh ... Schluß jetzt: schnell eine schöne Erinnerung abrufen, so schlimm sind sie ja nicht, alle Männer nicht, sie hat auch schöne Erfahrungen gemacht, einmal! Also was, wen abrufen? Popmusik. Etwas Gefälliges.

Baby, Babiee, you can have my private number ...

Der junge Musiker, der aussah wie David Bowie, war ein Junkie, der sich mit seiner Gitarre in einem Touristenort in Südfrankreich das Geld für den Stoff verdiente. Er verdiente genug, denn die Touristen waren begierig darauf, sich gemeinsam mit ihm fotografieren zu lassen. Sein Gitarrenspiel und sein Gesang waren weniger spektakulär, weil er mitten im Spiel die Augen verdrehte, ins Weiß abdriftete und die Worte, den Text vergaß. Er liebte sie, und für zwei Wochen spielten sie Bonnie & Clyde. Sie ließ Millionäre und Jungyuppies links liegen und zog mit diesem Clochard durch die Gegend, er stahl für sie alles, was sie wollte, begehrte: Sonnenbrillen und Flowerpower-T-Shirts und Kugelschreiber und Croissants. Zwischendurch schlief er einfach ein, am Strand oder in einer Bar. Abends stahlen sie sich in das Haus seiner Großmutter, die bei Verwandten zu Besuch war, plünderten ihren Eisschrank und zündeten sämtliche Kerzen an, die sie vorfanden. Danach zog er sich meist eine Spritze auf. Sie wollte nicht davon probieren, und er drängte sie nicht dazu und schlief bald wieder ein, während sie im Haus herumspazierte oder Bücher las. Das Gift verweigerte ihm die Möglichkeit einer Erektion, sein Glied blieb schlaff, auch wenn er es mit der Hand bearbeitete. Doch er sah sich sehr gerne und lange im Spiegel an, und er sah sie beide gerne im Spiegel, nackt, er posierte und bat sie, gemeinsam mit ihm zu posieren. Er dirigierte sie in verschiedene Stellungen und betrachtete sie und sich selber im dreitürigen Spiegelschrank seiner Großmutter und sein Gesicht strahlte und er lachte. In der Nacht vor ihrer Abreise spielte er unter ihrem Hotelfenster Gitarre, die Beschimpfungen und Drohungen des Portiers und der Gäste ignorierend, und sang und flehte, „je t'aime", „please stay!", bis ihn die Polizei in den frühen Morgenstunden abholen kam. Sie konnte ihm nicht helfen, aber immerhin, und das war ihr ein Trost, sah er aus wie David Bowie und würde seine Gitarre nicht so bald verkaufen müssen.

Sie verläßt das Musikgeschäft, ohne etwas gekauft oder gestohlen zu haben.

Ihre Mutter besaß auch einen dreiteiligen Spiegelschrank. Ihre Lieblingsbeschäftigung im Winter, wenn sie von der Volksschule nach Hause kam, war es, die Kleider ihrer Mutter zu probieren. Da gab es duftig geblümte Sommerkleidchen mit Rüschen, Hüte und Handschuhe im selben Muster oder Farbton gehalten, elegante Abendkleider, aus purpurnem Samt oder goldenem Lurex. Viel zu lang für sie, sie trug sie mit Schleppe oder mit einer Kordel um den Bauch, gebauscht oder in ein paar Lagen abwärts fallend. Und immer in Kombination mit den dazupassenden Stöckelschuhen. Manchmal durfte sie auch die Lippenstifte ausprobieren, die rochen so gut und waren so weich wie Schokolade oder Vanillepudding auf ihren Lippen. Sie schmeckten allerdings nicht danach.

Wenn ihre Mutter sie vom Zug abholen kam und dastand mit ausgebreiteten Armen, fühlte sie sich manchmal, als ob sie vor ihrer Psyche stehen, auf sie zulaufen würde. Wenn sie sich jetzt hier an die Mauer, mitten auf der Einkaufstraße, lehnen würde und darauf warten, daß jemand sie beflügelte, würde irgendwann ihr Fossil gefunden werden, zwei feingerillte Abdrücke ihrer Schulterblätter, versteinerte Muscheln. Vielleicht aber würde sich ein Taxifahrer ihrer erbarmen, der spätnachts auf dem Weg nachhause ist, oder ein Wurstbudenbesitzer, der seinen Laden bereits geschlossen hat und sie dann im Taxi zu sich nimmt, oh, die Liebe in Taxis! ... Als hätte jemand ihre Gedanken erraten, nähert sich ein Mann, der stark nach Tabak und Moschus riecht und bietet ihr eine Zigarette an. Sie schreit ihn an, „Sehen Sie denn nicht, daß ich eine Ordensschwester bin!“, und schnippt sein Päckchen *Gauloises* auf den Gehsteig. Rasch geht sie weiter und dreht sich nicht um.

Ein Morgenmensch stößt mit einem Langschläfer zusammen, die Hunde waren aneinander interessiert. Ein gestiefelter Motorradfreak in Ledermontur trägt seinen Helm wie einen Einkaufskorb unterm Arm. Ein Mädchen mit roter Baseballmütze wirft im Vorübergehen, en passant, ihren Kaugummi hinein.

Zwei junge Männer vom Marktforschungsinstitut wollen sie zum Schokoladetest verführen. Sie willigt ein. Man bringt sie in den Hauseingang, fährt mit ihr in einem winzigen, nach Urin stinkenden Lift in den zweiten Stock. Ihr ist heiß, und die übereinander geschlossenen Krägen der beiden Kleider engen sie ein, sie löst die obersten Knöpfe. Im grellweiß beleuchteten Büro gibt man ihr drei verschiedene Milchschokoladesorten zum Probieren und befragt sie nach deren Geschmack und Vorzügen. Der junge Mann sieht sie mit erstaunten Augen an, als sie beginnt, die Rippchen abzuschlecken, zu lutschen, bis die Schokolade schmilzt, weich wird, um sie sich dann wie mit einem Lippenstift auf den Mund zu schmieren, sie zieht einen Handspiegel aus der Tasche, begutachtet sich und die Schokolade und gibt ihr Urteil ab, das ihr Interviewpartner, der sich weder zu einem Kommentar noch zu einem Lächeln hinreissen lassen darf, weil die Tür zu den Arbeitgebern offensteht, auf den Fragebogen überträgt. Anschließend soll sie die Verpackungen zuordnen. Für ihre Mithilfe erhält sie eine Tafel von der Schokolade, die ihr am besten geschmeckt hat, sie nimmt die mit der blau/weißen Hülle und steckt sie ein. Der junge Mann bringt sie zum Ausgang, zwischen Tür und Angel verabschiedet er sich mit einem dankbaren und amüsierten Augenzwinkern.

Sie geht die Treppen zufuß hinunter. Wirft sich wieder in den Strom der Einkäufer und Schaufenstergucker, läßt sich treiben. Scholle-, Hecht- und Mayonnaisegeruch weht aus der NORDSEE. Schaumrollen in Plastikhäuten türmen sich vor der Konditorei. Vor dem Möbelgeschäft bleibt sie stehen und betrachtet die Auslage.

Ein Mann, bei dem ihr, wenn sie an ihn denkt, vor allem seine Möbel einfallen. Das blaue Sofa, auf dem er sich ausstreckte, wenn er von der Arbeit kam und die späte Nachmittagsonne schräg auf sein Gesicht fiel, darüber eine große blau-gelbe, vergilbte Weltkarte, am Flohmarkt erstanden, darunter ein Teppich aus seiner Kindheit, auf dessen Linien und Kreuzungen er mit seinen Spielzeugautos Rennen fuhr. Das hellblau gestrichene Badezimmer, in dem er immer gelbe Blumen stehen haben mußte, am Waschbecken und am Fenstersims. Die dunkelrot geblümte Bettwäsche und der Efeu, der beim Schlafzimmerfenster hineinwuchs, nicht von selbst, er leitete ihn hinein, mit winzigen Nägelchen, Unterstützungen. Wenn sie an ihn denkt, verblassen ihr oft die Details seines Körpers, seines Gesichts, das sich wahrscheinlich inzwischen verändert hat. Ihr bleiben seine Möbel, unauslöschlich. Wenn sie an ihn denkt, fallen ihr vor allem Farben ein.

Ihren Großvatersessel hat sie vom Flohmarkt, weil ihr eigener Großvater längst tot ist. Und obwohl er nicht in ihre Wohnung paßt, neben all den Designereinzelstücken, was Möbel betrifft, ist sie wählerisch und gibt gerne Geld dafür aus, trotzdem er wie eine riesige Mottenkiste in der Mitte des Zimmers thront und immer wieder erstaunte, wenn nicht angewiderte Blicke von Besuchern verschmerzen muß, kann sie sich nicht überwinden ihn zu entsorgen. Manchmal ist sie eben sentimental. Und wenn sie ehrlich ist, ist der einzige Grund, warum sie ihn behält; die schöne Erinnerung an den Möbel- und Farbenmann.

Ein Gefäß ist man, ob Frau oder Mann. Eine Vase, ein Schwamm. Man saugt auf und gibt wieder ab und saugt wieder auf, oftmals auch das, was man gerade loswerden wollte. Es ist abwegig zu glauben, daß man alles und jegliches eliminieren könnte. Der Einfluß der Wegwerfgesellschaft hat zu diesem Irrtum geführt. Es kommt alles zurück, wie ein Bumerang, manchmal dauert es Jahre. Es genügt ein Lied oder der Geschmack von Vanille, und päng!, ist man in die Vergangenheit versetzt. Vielleicht resultiert daraus dieser Drang und der Zwang, sich in immer neue Gefilde begeben zu müssen, Altes zu fliehen und Umgebungen, die die Gefahr bergen auf Bekanntes zu treffen, aus dem Weg zu gehen, zu meiden. Vielleicht ist es die Angst, irgendwann nur mehr von bekannten und benannten Dingen umgeben zu sein und keine Luft mehr zu haben zum Atmen. Wenn eines benannt und mit Erinnerungen belebt ist, hört das Ding auf zu sein. Es erstarrt.

Ein Lied, das man gemeinsam mit einem bestimmten Mann gehört hat, eine Farbe, oder auch zwei, blau und rot, ein Wort, zum Beispiel *Liebster*, oder eine Redewendung. Darf man all das weiterhin hören und verwenden, dem Ursprung entreissen, es trennen von der Einbettung? Darf man ein Wort zweimal verwenden?

Es tagt für sie zum dritten Mal an diesem Morgen, sie geht, weil ihr nichts Besseres einfällt, in die U-Bahn-Unterführung, um zu urinieren. Diese Klos, hat sie festgestellt, sind besser als der Ruf, der sie begleitet. Natürlich ist es nicht damit zu vergleichen, in der freien Natur, in einem schönen dichten Wald zum Beispiel sich zu ergießen und hernach mit einem kühlen, dunkelgrünsamtenen Blatt abzuwischen. Trotzdem sind sie sauberer als manches Kaffeehausklosett, diese U-Bahn-Stations-Refugien. Weiches rosarotes Papier, erstaunlicherweise, kein rauher, dunkelgrauer Krepp. Nachdem sie sich erleichtert hat, klettert sie die Stufen zur Arbeits- und Konsumglitzerwelt, zur Mördermeile der Mittellosen wieder hinauf. Die Straße ist breiter als lang: Stolpersteine und Stolperkisten, soweit das Auge reicht. Supersonderexklusivangebote. Selbst die Saisonausverkäufe grob verschoben: mitten im Sommer Herbstnachlässe, im Winter Eismarillenknödelgutscheine. PALMERS-Unterwäsche, nüchtern drappiert auf gesichtslosen Schaufensterpuppen vor riesigen Schwarz/weiß-Plakaten, Männer, oder farbiglüsternen Triptychonen von Frauen. Scheinbar haben Frauen ihre Mieder abgelegt. Und neue angezogen: magersüchtige Models mit zerflossener Wimperntusche oder immerbereite, grelle Vamps, kopflos. Barbusige Frauen, die in Käfigen tanzen.

Ich sage dir, es ist kein Gras über die Gitter gewachsen! Die lackierten gipsernen Augenlider sind tot, und die Meuterei hat bloß dazu geführt, Lippen zu versiegeln! Das

Augenzwinkern von früher hast du mittlerweile deinen schwachen Nerven zu verdanken!

Sie geht ins SEWA ein Geschäft für Schnickschnack, billiges Zeug. Von Haarspangen über Blumenvasen, Räucherstäbchen und Haushaltswaren gibt es hier alles für jede und jeden, zum günstigsten Preis. Sternzeichenparfums, Seidenschals und -orchideen. Seifen in Muschelform samt Plastikbehälter. Kerzen als Katzen oder Osterhasen, zwischen den Ohren anzuzünden. Strandtücher mit BAYWATCH- oder FORMEL 1-Motiven, Zahnpasta neben Rasierschaum, aufblasbare Gummifrösche neben Mini-Gartenzwergen. Schokoladeherzen oder -bananen im Familienpack, nur sechsundsiebzigneunzig, der Sack zu hundert Stück.

Man kann die Dinge natürlich auch dazu verwenden, sich Gutes zu tun. Sich eine Familienpackung Schokoladeherzen oder Windbäckerei kaufen, wie zu Weihnachten, oder sich eine einfache Nudelsuppe kochen, wie die von der Großmutter, und sich dadurch Geborgenheit vorgaukeln, sich schaukeln in der Kindheit. Man kann sich die Wohnung einrichten mit schönen Erinnerungsstücken: Muscheln aus dem Urlaub, Fotos von weißen Stränden. Und dann zieht man sich das Ballkleid an, in dem man so glücklich verliebt war und die ganze Nacht durchgetanzt hat, hört die entsprechende Musik, ißt die Suppe von der Großmutter, sitzt im Fauteuil und läßt seinen Blick über die Souvenirs gleiten. Die Illusion hält nur kurz: bald wird man feststellen müssen, daß draußen zwar der Wind tobt und der Schnee vor der Tür steht, aber Weihnachten ist längst vorbei, und der letzte Urlaub ebenso, man wird sich wieder klar darüber, daß die Großmutter gestorben ist, daß das Ballkleid zwickt und beengt, daß das Make-up verblaßt ist und der Tanz vorbei.

Sie kauft ein hellblondes Haarteil, obwohl sie dunkles Haar hat, und steckt es sich in den Zopf.

Ihr Lachen hat sich verändert. Waren es in ihrer Kindheit und Jugend noch durch die Intensität des Lachens zu Schlitzen zusammengezogene, asiatisch anmutende Augen, und der Mund breit und die Zähne entblößt, kann sie die Chronologie inzwischen nicht verleugnen, legt sie nun ein Foto neben das andere, in Fünfjahreszyklen zum Beispiel, die Geschichte und Geschichten und das Älterwerden ihres Gesichts. Auf den letzten, nicht jüngsten Fotos trägt sie Sonnenbrillen. Und die Amerikaner schminken ihren Toten ein Lächeln auf die Lippen ...

Mit eingezogenem Kopf, unter Wasser ertrinkt es sich leichter!, den Blick auf die Pflastersteine gerichtet, setzt sie ihren Weg fort. Tausendfüßler im Stadtmarathon. Geputzte Beamten- und Versicherungsvertreterschuhe, geschnürt. Hausschuhe in Hausfrauen. Kinderballarinas. Elefantenteenies. Klopfzeichen am Fußgängerübergang für Blinde. Autoschneisen und Kanaldeckel. Ausgespuckte Kaugummis, weggeworfene Zigarettenstummel, Ketchup- und Senfgetunkte Servietten, Fast-food-Behälter jeglicher Art.

Nachdem sie einigemale, unbeabsichtigt, nimmt sie an, angerempelt worden ist, beschließt sie, zum aufrechten Gang zurückzukehren. Der erste Blick, der sie trifft, gehört einem Heringskopf. Der zweite einer Schweinsleber. Fettaugen auf Leberkäseschnitten. Der Geruch von ranzigem Öl, panierten Schnitzeln und Kartoffelsalat, jäh vermischt und nachbarschaftlich durchbrochen von einem Parfum- und Drogeriediskontladen: Sandelholz und Pacchuli. Welchen Duft legen Nonnen auf, nehmen sie an? Doch nicht Weihrauch und Myrrhe? Maiglöckchen wie die Maienkönigin? Nein, ist wahrscheinlich zu süßlich. Vielleicht verwenden sie simple Kernseifen oder Babypuder. Geruchsneutralisierende Hemmsubstanzen. Sie hat soeben eine Marktlücke entdeckt: Das Parfum für die Nonne und ihr verwandte, verbrannte, brennende Schwesternherzen im goldenen Monstranzflakon, das wär's doch!, mit Ingredienzien wie Oliven, wegen des Olivenhains!, Lavendel gegen böse Geister und den Teufelsritt!, und Rosenwasser zum Beispiel, von unversehrten, unschuldigen weißen Knospen, und dergleichen mehr, wär's das nicht? Andrerseits sind so Betschwestern, hört man sagen, bescheidene Wesen, und das Geld für sündteures Parfum auszugeben, liegt wahrscheinlich nicht in ihrem Naturell, widerstrebt ihrer Barmherzigkeit, erzählt man sich, sie kochen dafür lieber den Armen und Obdachlosen ein Süppchen und hängen sich die Knoblauchzehen, die in der Küche übriggeblieben sind, um den Hals, um sich vor Dämonen und sexgierigen Blutsaugern zu schützen.

An der Ecke steht einer vom *Wachturm,* als hätte er auf sie gewartet. Das Deckblatt seiner Broschüre verheißt Unheilvolles. Sie weicht in großem Bogen aus. Sie hat einmal geträumt, daß es in dieser Stadt so heiß gewesen war oder sein wird, daß der Asphalt aufgesprungen ist und oder unterirdische Lavaströme das Kopfsteinpflaster zum Bersten gebracht haben, und Steine und Betonbrocken bis zu den Fenstern hinaufgeschleudert wurden, ein Regen von zerbrochenen, prasselnden Fensterscheiben, eine brodelnde und dampfende Flußlandschaft plötzlich zwischen verlorenen, der Verdammnis anheimfallenden Häuserreihen. Ein Alptraum, in den Farben ähnlich dramatisch angelegt wie das Cover des Zeugen-Jehovas-Heftchens.

Diese zwei Kleider beengen sie, sie öffnet die gesamte Knopfleiste des schwarzen, bis zum Saum hinunter, trägt also das eine wie einen Mantel über dem anderen, das ist angenehmer. Vor ihr tänzelt ein Pudel, der wie ein Luftballon aussieht, dem bereits einige Luft entwichen ist, die

Beinchen bewegen sich so schnell, daß sie kaum sichtbar sind. Sein Frauchen, im taubengrauen, kurzgeschnittenen Rock, raucht eine Mentholzigarette, hält sie spitz und affektiert zwischen Zeige- und Mittelfinger, sehr hoch, weit weg vom Körper, die straßbesetzte Hundeleine hat sie wie eine Uhr oder ein Brasselet um ihr Handgelenk gewickelt.

Sie geht an einem Kiosk vorbei. Schlagzeilen, Aufreißerisches wie Bill Clinton und Oralsex stechen ins Auge. Im Fernsehen hat sie vor kurzem einen Bericht gesehen über Amerikanerinnen, die sich, das ist das Neueste!, nach Brustimplantaten und Fettabsaugungen die Vagina operativ verkleinern haben lassen. Sie hätten bereits zwei Geburten hinter sich, sagen sie, eine Tochter und einen Sohn, oder zwei Söhne hätten sie geboren, und ihre Scheide hätte sich damit ausgeweitet und wäre für ihren Mann nicht mehr so attraktiv gewesen, wegen der mangelnden Reibung, es gehe ihnen sehr gut seit dem Eingriff, das sei gar kein Vergleich!, und sie und ihre Männer wären jetzt wieder glücklich zusammen.

In den Warteräumen der Ärzte hängen nie Spiegel, ist ihr aufgefallen. Meistens sind sie mit irgendwelchen Landschaftsreproduktionen ausgestattet, in farbigem Öl oder Siebdruck, schwarz/weiß, bei angesehenen Professoren und Kapazundern, nur privat!, keine Kasse!, hängen mitunter Originale, aber auch wieder hauptsächlich Stilleben oder Wald- und Flußimpressionen, Menschenbilder gibt es nur selten zu sehen in Ordinationen.

Ein Amerikaner, den sie auf einer Vernissage kennengelernt hatte.

Er hat mit ihr Sexspielchen veranstaltet, die bis dahin Tabu für ihn gewesen waren, er mochte es, wie er es bezeichnete, „nasty" zu sein. Sie ermunterte ihn sogar dazu.

Sie wollte ihn kurieren, ihm klarmachen, daß nichts in der Sexualität schmutzig wäre, solange beide daran Gefallen hätten und es gerne taten. Er hatte eine Freundin in Amerika, seit sieben Jahren, mit der hat er diese Dinge nie machen dürfen.

Warum er sie denn nie gefragt hätte, wollte sie von ihm wissen.

No, no, wehrte er ab, das wäre nie in Frage gekommen.

Sie liebten einander fünf Monate lang. Danach fuhr er zurück zu seiner Freundin nach New Jersey.

Er rief sie an und begann zu weinen, er konnte mit seiner Freundin nicht mehr schlafen. Zwei Monate später hat er sich von seiner Freundin getrennt.

Er rief sie an und wollte, daß sie Telefonsex mit ihm mache. Sie konnte es nicht, warum er denn nicht zu ihr zurückkomme?

No, no, antwortete er ihr, it was never supposed to be serious between us.

Eine Enttäuschung, könnte man sagen, aber nicht die erste, und auch nicht die letzte. Sie hat sich zu schnell hingegeben, wenn der Liebespfeil sie getroffen hat, könnte man ihr oder sie sich vorwerfen, alle Jahre wieder, meist im Frühsommer, wie banal. Wenn die Bäume ausschlugen und die Männer ihr ein Bein stellten. Oder im Frühherbst, wenn die Angst in allen hochkroch, vorm Winter noch niemanden fürs warme Nest vorm Fernseher eingefangen zu haben. Bis zum nächsten Frühjahr zumindest, dann konnte man ja wieder flügge werden und sich nach was Neuem zum Vögeln umschaun. Man muß sich entscheiden: entweder Hure oder Ehefrau. Beides geht nicht, kannst es gerne versuchen! Wirst merken, daß sich im Bett, sobald du mit einem Mann länger zusammen bist, einiges ändert. Selbst wenn er nicht dieser Ansicht ist: es geht von ihm aus. Sobald er dich, ehrlich und wahrhaftig?, zu lieben beginnt, verpaßt er dir einen Heiligenschein: und wird dich entsprechend behandeln. Am Ende wirst du zur Nonne. Es kann aber auch sein, daß sich überhaupt nichts ändert, daß du selbst es irgendwann satt hast, nurmehr *geile Schwanzmöse* genannt zu werden, ha, das hast du doch gern, wenn ich so dreckig mit dir umgehe, gib's doch zu!, nein!, aber ja: gib her deine *Tittenklunker!*, oder zum neunundneunzigsten Mal zum *Honigtöpfchen* gekürt zu werden, immer liebes Honigtöpfchen, schleck, schleck!, bitte bitte nein!

Manchmal ist sie eben so. Zynisch und bösartig. Sie gibt sich kühl, und ihr ist kalt, aber Kälte schützt vor Schmerz, man spürt die Schnitte nicht so stark. Auf Messers Schneide ins warme Fleisch. Man muß seine ehemaligen und vergangenen Lieben, ihre Bilder demontieren. Da ist, im Notfall, jedes Mittel recht. Sie torkelt zwischen Wach- und Schlafzuständen. Im Halbschlaf, Halbbewußtsein, manchmal ganz klar, dann wieder verworren, verwirrt zwischen Vergangenheit und Jetztzeit pendelnd.

Räume abstreifen. In imprägnierter Haut. Oder in Hausschuhen aus Tigerfell. Stilettos in warmem Asphalt. Schnürstiefel.

Gehen, einen Fuß vor den anderen setzen, solange, bis man das Gefühl hat, daß die Dinge selbst einem sich nähern, daß man die Räume nicht durchqueren muß, um irgendwohin, zu einem Ziel zu gelangen. Es ist nicht mehr so wie früher, als das Herumstrollen mit geliebten Menschen, Jugendfreunden, oder das Ausschauhalten nach neuen Menschen, eventuellen Freunden, im Vordergrund stand, ein Flanieren und im Kreisgehen auf Dorfplätzen, oder ein Aufundab in der Stadt, zwischen Kino und McDonalds. Keine verzweifelten Streifzüge mehr zwischen Bar und Bar, wo man den Vermißten und die Liebeserfüllung vermutete. Es ist für sie zu einer nur mit sich selbst vereinbarenden Sache geworden, die sie manchmal befriedigt, manchmal verlassen zurückläßt. Einsamer als mitten auf einer erlebnisbetonten, wie sie es nennen, belebten Einkaufstraße kann man sich wohl kaum fühlen ...

Das wäre natürlich auch eine Möglichkeit: Die Wartenummer ziehen, wie bei der Gebietskrankenkasse oder beim Psychologisch/Seelsorgerischen Notruf. Fünfhundertdreiundzwanzig. Ruhe bewahren. Platz Siebenunddreißig wird sich in kürze melden. Tuut, tuut ... Seitenflügel, Trakt Null. Folgen Sie den markierten Feldern, den Pfeilern und Pfeilen! Geduld bewahren! Sekundanten begleiten dich zur Seitenlage in den dafür vorgesehen Logen ...

Am Eingang zu einer Passage liegt ein toter Schmetterling. Sie bückt sich und hebt ihn auf: ein Nachtfalter, dunkelbraun/gelbe Flügel, mit einem schwarzen Fleck. Sie geht in eine Trafik, kauft zwei Briefumschläge und Marken. Steckt den Falter vorsichtig in das eine Kuvert, schließt und beschriftet es, *air mail,* und läßt es in den nächsten Postkasten gleiten. An der Ecke steht ein Polizist, der so aussieht, als ob seine Mutter sehr stolz auf ihn wäre. Auch sein Vater klopft ihm sicherlich gerne auf die Schulter. Er kontrolliert die Fußgänger und vergewissert sich, daß sie nicht bei Rot über die Kreuzung gehen. Er verweist sie, markiert elektrisch geladene Zäune. Berieselungsmusik tropft aus den automatisch sich öffnenden und schließenden Glasportalen der Bekleidungsimperien, kondensiert auf den beschlagenen Scheiben. Livrierte Portiers bewachen die Drehtüren vor den wenigen Hotels, in denen man steckenbleiben könnte.

Es gibt Tage, da hat sie das Gefühl, bereits am Morgen in das Laufrad gesetzt worden zu sein, von einem ungnädigen Gott, der auf sie wie auf eine Maus herabblickt. Sie hat gut sechzehn Stunden Zeit, bis Mitternacht, um ihre gesamte Vergangenheit zu durchlaufen und sich dann erschöpft dem Schlaf hingeben zu dürfen. Es sind Tage, an denen sie nicht fliehen kann: ob es zuhause in ihrer Wohnung geschieht oder sie auf die Straße oder in Kaffeehäuser flüchtet: jedes Plakat, jeder Unbekannte, Zufällige auf ihrem Weg erinnert sie an etwas, an jemanden, an ein *Damals* oder, noch schlimmer: *Seither*. Ein Spießrutenlauf in ihrem Gehirn und ihren Eingeweiden. Ein Nochmalgehen über Trampelpfade, ein neuerliches Durchschneiden von Dickicht, der Berg unbezwingbar hoch, der Weg darüber wie ein nachlässig hingeworfener Peitschenschlag, dünn wie eine Schlange, die sich windet, ändert, häutet.

Eine Telefonzelle, tuut, tuut ... : wie kommt denn die hier auf den Berg?

> Eine Ex-Affäre von ihr, nehmen wir an Schauspieler von Beruf, behauptete er zumindest, den sie bereits zwei Jahre nicht mehr gesehen hat, hat sie gestern angerufen und ihr gestanden, daß er mitten in der Schneelandschaft, gleich nach dem Dreh, plötzlich an sie denken mußte, und daß er danach sofort in die Hütte gerannt ist und sich aufs Bett gelegt hat, und an sie gedacht und dabei masturbiert hat. Es war aber nicht wirklich befriedigend für ihn, sagte er, ob sie wohl Lust hätte zu ihm in die Schweiz, nach St. Moritz zu kommen?

Wie lebt es sich damit, Wichsvorlage zu sein?

Wie fühlen sich die Mädchen aus den Zeitschriften, wenn sie Fanpost erhalten? – Ja, servus, ich bin der Karl; und ich finde dich supergeil! Also dein Arsch und deine Muschi, ... ich hab dich neben meinem Nachtkästchen liegen ..., schon super, ... – Sind sie geschmeichelt? Spüren sie, wenn jemand an sie denkt?

Diese verdammten Schuhe drücken, Pumps nennt man sie, was für ein blöder Name!, kläfft wie ein Hund, sie würde gerne barfuß gehen – alle Menschen hier sollten barfuß gehen! Jeden Stein, jede Unebenheit, Hitze und Kälte, Spitzen, Nägel, Dreck wahrnehmen und nicht darübersurfen in Plateauturnschuhen oder handgearbeitetem, glänzendem Schweinsleder!

Durchstreifen und Abstreifen von Räumen. Aufpassen auf das Signal! Vor dem Blaulicht Bremslichter: Straßenseparées.

Sie geht in die AIDA und bestellt einen Kaffee, klein und schwarz und stark.

Am Nebentisch sitzen zwei Frauen, vom Alter her schwer einzuschätzen, die eine sieht wie fünündvierzig aus, die andre wie sechzig, dennoch könnten sie gleich alt, vielleicht fünfzig sein. Vom Äußeren her keine Synchronschwimmerinnen, wie es häufig bei besten Freundinnen der Fall ist, sondern auffällig unterschiedlich: die Mahagonibraune, ihr langes Haar im Nacken geknotet, helle Haut und wenig Make-up, und die Blondgefärbte mit Pagenkopf, solargebräunter Haut und rosarotem Lipgloss. Die eine trinkt Kaffee, die andere Tee.

Es gibt Männer, die Strichellisten über ihr Konsumverhalten, über ihre Frauen anlegen. IIII, zählen sie, und die fünfte I legt sich dann über die vorangegangenen vier quer, streicht sie aus. Schnürt sie zu einem Paket, blonde Strohbündel, schnell entflammbar, oder dunkles Reisig, das benötigt weiches Unterholz. Schon bei Nummer drei denken sie an vier, und in Vorfreude an die fünf, die alle davor auslöschen wird.

Ihr erster Mann war so, der, mit dem sie beinahe zwei Jahre verheiratet war.

Die Freundinnen tauschen sich über ihre Männer aus und es scheint ihnen egal zu sein, ob andere sie dabei belauschen. Tricks, wie man den Ehegatten während des Frühstücks anspricht, damit man den Tag ohne schlechte Laune beginnen kann. Der große Fortschritt der einen, ihren Mann nun soweit zu haben, daß er den Satz „Entschuldige, heute geht es mir nicht so gut" über die Lippen bringt, dann weiß sie Bescheid und muß sich nicht ärgern. Ratschläge, wie man sich als starke Frau dem Chef gegenüber behaupten kann und eventuellen Übergriffen geschickt ausweicht.

Straßen, Geschäfte und Büros voller Verkäuferinnen und Sekretärinnen, die auf und ab marschieren, Guten Morgen, schöne Soldatin!, hatten Sie heute schon Ihren Kaffee? Blasse Matratzen in Chefhinterzimmern, Extrazimmer mit luftgepolsterten Wänden, Doppeltüren zu Cockpits. Abwehrdienst, wimmelnde, flatternde Röcke und Hände. Die Kolleginnen bleiben stumm und sehen zum Fenster hinaus. In den Pausen gehen sie zu zweit aufs Klo oder spielen sich über den Computer Botschaften zu.

Die Blonde erzählt von einem Wochenendseminar, holt weit aus, streut viele Fremdwörter in ihre Erklärungen, Therapiemaßnahmen, Fachjargon, die Braunhaarige zieht daraufhin das Fazit: Das ist wie in der Schule, als sie im Gymnasium war und diesem Mathematiklehrer gegenüber regelrechte Schüttelfrostanfälle und Panikattacken bekam, ihm ausgeliefert war, bis ihre Mutter ihr den Tip gegeben hatte, ihn sich nackt oder am Klo vorzustellen, und das tat sie dann, regelmäßig, fortan hatte sie mit ihm keine Probleme mehr. Ja, genau, sagt die Blonde, so in etwa haben wir das herausgearbeitet. Und starrt von ihrem

Schreibtisch aus auf den fünften Stock im vierstöckigen Haus gegenüber, verspiegelte Zyklopenmauer, ohne Horizont, kein Silberstreif ...

Ihr Mann hatte einen langen Schatten, erinnert sie sich, das ist auch schon alles, was von seiner Erscheinung haften geblieben ist. Sie hat sämtliche gemeinsamen Fotos weggeworfen, eliminiert. Und seltsamerweise taucht er in ihren Träumen, die doch zum Teil Gedächtnisspeicher sind, niemals auf. Vielleicht ist es doch so, daß vor allem lichte Momente – dazu zählen mitunter auch vorgeblich düstere, in denen einem plötzlich die Augen aufgehen – Bilder oder einen Film ergeben, der Bestand hat.

Das ist nun seine zweite Krise, sagt die Blonde, er muß zur Kenntnis nehmen, daß sein Körper nicht mehr mitmacht und daß seine Kräfte nachlassen. Darum liefert er ihr diese Ausflüchte und Ausflüge, er muß sich etwas beweisen, aber anders als damals, als sie noch wegen der Kinder zuhause bleiben mußte. Warten, bis der Mann vom Stammtisch kommt, sagt die Braunhaarige, das kennt sie, warten, bis er vom Fußball kommt, warten, bis er sie endlich, nach drei Tagen von seiner Dienstreise, von seinem Fortbildungskurs anruft.

Sie hat auch alle Fotos von sich zurückgefordert, als sie sich von ihm getrennt hat. Nicht weil sie, wie eine Eingeborene, Schwarze Magie oder Voodoo fürchtend, das Gefühl hatte, er würde sie damit festhalten, ihre Seele weiterhin in Besitz halten wollen, sondern aus dem Bedürfnis heraus, nur auf diese Weise, in dieser Konsequenz, von vorne beginnen zu können. Nach der Scheidung flatterten beinahe täglich Liebesbriefe, wie er meinte, in ihren Postkasten oder ihre Wohnung, durch den Türschlitz geschobene Nachrichten, eine Mischung aus Entschuldigungen und Anklagen, sie hatte sie anfangs überflogen, „Schade um jede verweigerte Feuchtigkeit", oder von einem Expreßboten ausgeliefert und von Rosensträußen begleitet, „Ihr pornographisches Flair ..." – er sprach von ihr in der Anrede oft in der dritten Person – später schickte sie sie ungeöffnet zurück. Es dauerte vier Monate, bis er eine Nachfolgerin gefunden hatte.

Die Freundinnen rufen die Kellnerin, streiten kurz darüber, wer wen einladen darf, und verlassen Arm in Arm untergehakt das Café. Eine alte Dame hat die beiden, wie sie, beobachtet, und nimmt nun, nach deren Abgang, die Gabel vom Teller, um sich ihrer Schwarzwälder Kirschtorte zu widmen. Es sitzen sehr viele alte Damen in Cafés herum, in der AIDA, ist ihr aufgefallen, vor allem alleine am Tisch. In anderen, Original oder schönrenovierten Altwiener Kaffeehäusern, den wenigen großzügigen, die übriggeblieben sind, zu zweit oder sogar zu viert, zum Kartenspielen.

Sie betrachtet gerne ihre Gesichter, liest in ihnen und malt sich Geschichten aus. Da gibt es die sehr eleganten, gepflegten, damenhaft und modisch bis ins Detail, die mädchenhaften mit rosaroten Löckchen, genau der Frisur, die sie vor fünfzig Jahren trugen, allein der Farbton hat sich geändert, wie bei verwelkten Blumen, blasse Gerberer zum Beispiel, den Draht, den diese Köpfchen normalerweise brauchen, um ihre Haltung zu bewahren, ersetzen sie durch ihre wiedergewonnene Unschuld, senil bezeichnen das manche.

Das sechsjährige Mädchen spielt mit ihren Schamlippen und freut sich über das schöne Gefühl.

Das sechzehnjährige Au-pair-Mädchen entblößt ihren Busen und läßt sich vom dreijährigen Jungen anfassen. Sie hofft, daß seine Eltern nicht ins Zimmer kommen.

Die Dreiundzwanzigjährige verabschiedet sich von ihrem Geliebten und fährt zurück in die Stadt, in der sie studiert. Kaum hat der Zug den Bahnhof verlassen, geht sie auf die Toilette, um zu onanieren, sie kann die Spannung nicht aushalten, Tränen laufen ihr übers Gesicht, während sie hastig mit ihren Fingern die Klitoris reibt, der Gestank von Urin, der nasse Fußboden, bitte nicht auf der Toilette rauchen!, ne pas se pencher au dehors.

Die Vierzigjährige hat es ausgereizt. Sich an ihre vergangenen Liebhaber zu erinnern, reicht nicht mehr. Sie ruft Pornofilmauszüge ab. Es ekelt sie. Sie stellt sich vor, mit zwei unbekannten Männern zu schlafen. Mit einem Mann und einer zweiten Frau. Von hinten, von vorne. Mit einem jungen Mann, mit einem alten. Nachdem sie eine halbe Flasche Sekt getrunken hat, versucht sie es mit einem Dildo, setzt sich mit gespreizten Schenkeln vor den Spiegel, und muß plötzlich laut lachen.

Die zweiundsiebzigjährige Frau sitzt in ihrem Schaukelstuhl und läßt sich von ihrem Schäferhund mit der langen, rauhen Zunge die Scham ausschlecken, während sie seinen Kopf tätschelt.

Eigentlich wollte sie die Kellnerin rufen und bezahlen, nun bleibt sie doch noch sitzen und bestellt einen Cognac.

Den Tisch der beiden Freundinnen übernimmt eine Frau mit feingezogenem, bläulich schimmerndem Oberlippenbärtchen. Sie hat Mühe, sämtliche Einkaufsplastiktaschen neben und unter sich zu verstauen. Schält sich aus einer türkisfarbenen, sehr engen Jacke, hat riesige, hochgezurrte Brüste, über denen sich ein weißes Rüschenhemd bläht. Wischt sich Schweiß von der Stirn, nimmt mit spitzen, lackierten Nägeln die Karte und blättert darin vor und zurück, als wäre sie beim Friseur und würde sowieso genau wissen, was sie möchte und bloß den Angestellten zuliebe so tun, als würde sie sich für die Bilder und Vorschläge interessieren. Erst als sie ihre Bestellung an die Kellnerin weitergegeben hat, entspannt sie sich und lehnt sich zurück, den Blick auf ihr wogendes Dekolleté gerichtet. Oh, die Spuren der Zeit!, wieviele Männer haben wohl schon an ihrem Busen genippelt? Wieviele haben sich ins Wangenrouge gegraben, ihre Nase, ihre Stirn durchs dunkelwellig und dauerduftige Haar gezogen?

Hier sitzen sie, die mehr oder weniger betagten Damen, je nach Haushaltsbudget oder vorhandener Rente mehr oder weniger geschäftig, vom Einkauf sich erholend. Rostfarbene oder vom Tau silbrig glänzende Fensterrahmen ihre Haare, wie bei einsiedlerischen Hütten oder Jagdhäuschen, mitten im Wald. Manche mit der Gewißheit ausgestattet, daß die größten Katastrophen ihres Lebens bereits hinter ihnen liegen, andere in der Furcht, die paar Treppen zu ihrer Wohnung hinauf heute nicht mehr zu schaffen. Selber Stühle, die in einem zugesperrten Kino- oder Ballsaal auf eine Wiedereröffnung warten, sitzen sie auf Kaffeehausstühlen mit weicher Polsterung und dezentem Blumenmuster. Sie überpinseln, überstreichen sich selber, legen Lack auf, der an den Ecken und Ellbogen bröckelt. Und mit ihren falschen Zähnen würde so manche gerne nach den muntren Mädchen, die Schule schwänzen oder zuviel Taschengeld von ihren Eltern bekommen, schnappen, sie zermalmen und sich auf der Zunge zergehen lassen, wie zu Brei gespeichelte Streuselkuchen. Das Knacken der Wirbel, am Handgelenk und im Nacken. Das Umblättern in Zeitschriften, die doch nur Kochrezepte und Psychoratgeber enthalten, Rascheln und Herumkramen in Handtaschen, das Suchen nach Schlüsseln und Kleingeld. Als hätte die Dame vis-à-vis ihre Gedanken erraten, trifft sie ihr Blick, woraufhin sie sich schämt.

Sie trinkt einen Schluck Cognac, spürt die Wärme des Alkohols die Speiseröhre hinuntergleiten und im Magen sich ausbreiten, legt ihre Finger behütend und erwartungsvoll zugleich, wie auf eine Wahrsagerkugel, über das Glas. Sie fühlt sich plötzlich wie in einer Kirche, das barocke Gewölbe stülpt sich über sie, Kacheln aus Ton, gelb-blau bemalt, eine Himmelsleiter aus Ebenholz, mechanisches Echo von der Kanzel von violett gekleideten Weißwäschern, gelb-rote Kirchenfenster mit strahlenförmigen, löchrigen Gitterstäben, um das Sonnenlicht zu brechen, um die Schäfchen heimzuführen. Frauen, knieend, Männer, stehend, mit dem Hut und dem Klingelbeutel in der Hand.

Verrückt, daß sie als Kind immer geglaubt hatte, nicht genug begangene Sünden für den Pfarrer bereit, parat zu haben. Ihm nichts bieten zu können im Beichtstuhl. Sie hat dann mit ihrer Freundin, die ähnlich mager bestückt war, in der Not „Sünden getauscht", um den Katalog zu erfüllen. Seltsamerweise dachte sie, daß es ihm Freude machte, wenn sie ihm sieben statt drei Sünden auftischen konnte. Heute fiele es ihr wahrscheinlich leichter: Ich habe gelogen, ich habe betrogen. Ich hab meine Schwester in den Popo gezwickt. Und da wäre noch was: Der Klempner. Tja, und oder eigentlich ein Dichter. Und, ehrlich gesagt, auch ein Business-Mann. Der Großgewachsene, der Schlanke, der Lausbub. Der Grünäugige und der Sommersprossige ... Die Kuppel schließt sich, das Gewölbe bewölkt sich, der Mosaikboden zieht sich zurück und sie wird sich wieder des Kaffeehauses samt Plüschsessel und deren Bewohner, sich selbst gewahr.

Sie kann es nicht mehr, und das ist, auf den ersten Blick, erschreckend. Sie kann keine One-night-stands mehr aushalten, geschweige denn genießen. Beinahe ein Jahr lang gehörte es zu ihren One-per-month-Angewohnheiten, ebenso wie Trinken und Fernsehen nach der Arbeit. Sieben Tage hat die Woche und ebensoviele Abende, drei davon hat sie das letzte Jahr vorm Fernseher verbracht, meistens Montag, Mittwoch und Sonntag, die anderen in Bars.

Mit nach Hause genommen hat sie keinen. Sie ging mit ihnen meist in ein Hotel, oder wenn der Auserwählte darauf bestand und sie sowieso schon betrunken war, mit ihm in seine Wohnung. Aber das war nur zweimal der Fall. Zu privat und intim für eine Nacht. Über Fotos von Ex-Freundinnen oder Ehefrauen zu stolpern, über Arbeitsunterlagen oder Kunstwerke, die einem dann noch erklärt wurden, stand eigentlich nicht auf dem Programm. Das wollte sie alles nicht wissen. Auch nicht, ob das Klo mit Pin-Ups tapeziert oder das schmutzige Geschirr in der Abwasch vor sich hingammelte.

Kleine Bade=Schlafzimmerkunde für meine Tochter: Das erste, was du zu tun hast, wenn du mit einem dir bis dahin fremden Mann in seine Wohnung mitgehst: fragen, ob du die Toilette benützen darfst. Ist die Klobürste nicht vorhanden oder kaum benützt und die Muschel dementsprechend marmoriert: nichts wie weg, du hast es mit einem Muttersöhnchen zu tun, schlecht erzogen, der dich ewig mit seiner lieben Mami vergleichen wird, der du selbstverständlich nie gerecht werden kannst, du darfst trotzdem für ihn kochen und seinen Müll wegräumen, inklusive seelischen, um den er sich natürlich ebensowenig kümmert, oder aber er haßt seine Mutter, und dann wird er jede zärtliche Geste, auch nur ein Übers-Haar-Streichen zurückweisen, oder er ist ganz einfach in der analen Phase steckengeblieben und mag es, die Spuren seiner Exkremente anzuschauen und zu konservieren, und so wird er sich auch im Bett benehmen, bitte also höflich um deinen Mantel und verschwinde sofort aus der Wohnung!

Gestern Nacht war die eine Nacht zuviel. Dämme brachen, könnte man salopp sagen, die er, der Mann, der gerade da war, falsch deutete, er hatte in irgendeiner Zeitschrift gelesen, daß Frauen während des Orgasmus, wenn er wirklich gut ist, vulkanartig hervor, aus sich ausbrechen und heftige Tränen vergießen. Sie ließ ihn in diesem Glauben.

Sie kann es nicht mehr, und wahrscheinlich ist es an der Zeit, das, was sie von diesen Männern bekommen hat, war austauschbar, oberflächlich, kein Kreisen, nichts Rundes, eigentlich war es ihre Phantasie, die diese mechanisch ablaufenden, vorhersagbaren Zusammenkünfte in engen Kabinen zu etwas Besonderem gemacht hat. Die Geschichte vom laufenden Wasserhahn bekommt eine andere Dimension, sobald man die Protagonisten vertauscht: Man nehme: das einemal den Dichter. Das andremal den Klempner. Man male sich schon im vorhinein ein Szenario aus, ähnlich wie langverheirateten Pärchen von der Eheberaterin empfohlen wird, sie mögen die Augen etwas zusammenkneifen, sozusagen nur die Hälfte des Realen sehen und die andere Hälfte dazu benutzen im Zwielicht ihre Phantasien auszuleben, sich zum Beispiel eine andere Frau, einen anderen Mann, Filmstar oder Nachbar oder beste Freundin beim Geschlechtsakt vorzustellen. Drogen wie Alkohol leisten dabei relativ erschwingliche Schützenhilfe und ersparen das Geld für den Swinger-Club.

Cognac schränkt das Gesichtsfeld ein, ähnlich wie Normalsichtige Brillen für Kurzsicht tragen zum Ausgleich. Ruckweise, von Schluck zu Schluck, zieht sie sich zurück.

Hört den Nachbarinnen nicht mehr zu und nimmt auch keinerlei andere Geräusche im Raum wahr, kultiviert das eigene Unvollendete im Trommelfell. In dieser Tiefe wird etwas in ihr zu einer Kugel, verdichtet sich, und ihre grauschwarzen Gedanken formen sich zu Kegeln, die umgeworfen, beseitigt werden müssen. Sie verstellen die Sicht auf das Wesentliche.

Sie nimmt ihren Notizblock aus der Tasche und die Füllfeder, und beginnt Spiralen auf das karierte Papier zu malen.

Das Tigerauge ist ein bräunlich-goldschimmernder Stein, den sie immer in der Tasche trägt. Er ist gut für das Auge. Die Chinesen verehren den Tiger für seinen Scharfblick und sein schnelles Denken. Er ist jedoch auch ein sehr emotionales Wesen. Abhängig von der Umwelt, wie jedes Tier.

Einen Rosenquarz trägt sie ebenfalls bei sich, gegen Verwundung.

Katzen sind Wüstentiere, sie sterben oft an Nierenversagen. Tigerinnen sind Kriegerinnen, stolz, nur im Schlaf lockern sie ihre Krallen. Sie räkeln sich dann wie auf Sand, und beißen in ihre Pyjamas, aus Spaß, als wäre es ein fremdes Ohr. Sie lassen die Kerzenleuchter manchmal die ganze Nacht über brennen und freuen sich am Morgen über das Tropfsteingeschöpf. Im Traum kämpfen und besiegen sie Drachen. Gepardinnen sind Jägerinnen, die es auf Gazellen und Zebras abgesehen haben. Ihre Augen glänzen wie Rubine, die Perlenkette, die sie um den Hals tragen, ist aus Alabaster. Einer Löwin sträubt sich das Fell, wenn ihr neuer Ehemann die Kinder des Rivalen mordet, nur kurz, dann legt sie sich wieder hin. Auch sie ist der Ansicht, Gewohnheit töte das Begehren. Katzentiere schlafen mit hochgestellten, wachen Ohren, sind alarmiert, sobald ein Feind ihr Revier betritt. Ihr Leben gehört ihnen allein, und sie werden es zu verteidigen wissen.

Kreise ziehen und abstecken, vorgegebene Raster durchbrechen. Aus Vierecken Sechsecken machen oder Sterntaler im Spiralnebel. Dem Mathematiklehrer die Zähne zeigen und seine Hypophysen und Hypotheken durchkreuzen, seine Rätsel, die eigentlich gar keine sind, ignorieren, ihm endlich ins Gesicht sagen, daß er sich schleichen soll mit Lineal und Zirkelwerkzeug und Schlußrechnungen. – Zug A fährt von Bahnhof B um 10.30 weg, Zug C von D nach E um 11.15. Stundengeschwindigkeiten und Kilometerangaben. Wann treffen sie sich und wo? – Ist doch schnurzpiepegal, wen interessiert das schon, und was hat man davon, außer Zeit vergeudet? Der Gazelle nutzt es nichts, wenn sie die Stundengeschwindigkeit des Gegners kennt.

Sie war schon einmal woanders, weiter, so gesehen hat sie Rückschritte unternommen, Unterstufensex betrieben, indem sie die Treppen zu den Hotels hinaufgestiegen ist. Trockenorgasmen, spastische Entladungen, weil zuviel Elektrizität in ihrem Körper gespeichert war. Die männliche Seite in ihr: Stromstöße. Mit dem Farbenmann ist sie eingetaucht in Wildwasser, über kilometerhohe, gewundene Wasserrutschen geglitten, er hinter ihr, ihre Mitte umklammernd, mit ihm war sie ein Stück Holz auf einem ruhigen See, seine Zunge der Wind, der sie bewegte, schaukelte, sie war gleißendes Licht, das Blumen aussandte, aus ihrer Brust pustete wie Löwenzahnfallschirme, sie war das Hinuntergleiten eines bunten Drachen auf bunte Wiesen und er der kleine Junge, der staunend die Verbindung zu ihr, die Schnur mit seinen Händen hielt, drehte, wendete. Hätte sie diese Erlebnisse nicht gehabt, könnte sie die letzten Talfahrten in den Fremdenzimmern nicht so klar als Betrug ausweisen.

„Jammerschade um jede verweigerte Feuchtigkeit"? – Für wen?

Sie richtet sich auf, drückt ihren Rücken durch. Reißt das Blatt Papier, das bereits gänzlich mit Spiralensternen bedeckt ist, aus dem Notizblock und schreibt auf die Rückseite:

> *Große Verhaltensanweisung und Maßregelung für mich selbst:* Meine Lustperle nicht mehr vor Säue werfen! Den Sexpäpstinnen aus den Fernseh-Talk-Shows Briefe schreiben, ob sie wohl noch richtig ticken, oder ob sie sich ihre Scheide schon verkleinern oder einen Pimmel zusätzlich annähen haben lassen! Den Bischöfen eine Familienpackung Anusstöpsel zu Weihnachten schicken! Wasserspritzpistolen für meine Kolleginnen im Büro besorgen, damit sie das Sperma auf ihren Kleidern schneller rauskriegen! Keine harten Getränke mehr! Keine Barbesuche! Nie wieder bei H&M einkaufen! Die Kleider doch nicht zerreissen oder verbrennen, sondern zur CARITAS bringen – somit schließt sich der Kreis: die Mädchen, die sie in den Fabriken hergestellt haben, oder ihre Drittweltnachbarn bekommen sie über Umwege, second hand, zurück.

Sie faltet das Papier, steckt es ins Kuvert und beschriftet es, benetzt die Marke und klebt sie auf. One-per-month mal zwölf, plus die zehn davor in zwei Jahrzehnten, das macht zweiundzwanzig Männer, und das reicht wahrscheinlich für ein Leben. So geht ihre Rechnung: Die Liebe ist keine Gerade, sondern ein Amulett um den Hals eines Katzentieres auf der Jagd, *Punkt.*

Der Cognac hat ihr gutgetan, sie fühlt sich entspannter. Sie wird jetzt schnurstracks nach Hause gehen, weder links noch rechts schauen, sich zu keinerlei unnötiger Geldausgabe verführen lassen, weder seidene Unterwäsche noch zwei Dutzend Austern, sie wird das freie Wochenende in Ruhe genießen, heute Abend und morgen den ganzen Tag, lesen und sich etwas Gutes kochen, Rotwein muß sie noch kaufen, das darf sie nicht vergessen!, sie ruft die Kellnerin um zu bezahlen.

Die alte Dame verläßt gemeinsam mit ihr das Café, sie hält ihr die Tür auf und bietet ihr den Arm an, um sie die paar Stufen hinunterzubegleiten, *sie hatte bloß einen Mann, und den liebte sie, bis er im Krieg gefallen war. Sie liebt ihn noch heute und wird ihm bald folgen. Sie hatte Glück, es war eine schwere Zeit, aber nicht so kalt und unromantisch wie diese.* Sie bedankt sich und sagt: „Sie sind eine sehr schöne junge Frau, Sie sind mir bereits im Café aufgefallen. Aber Sie haben's nicht immer leicht, gell? Gott schütze Sie!" *Und selbst die Nonnen treffen dadrüben, nach langem Verzicht, auf den hier für dort versprochenen Bräutigam, und wenn's der Herrgott will, erwartet auch sie der eine oder ein anderer Farbenmann – in alle Ewigkeit – Amen!*